C型肝炎ウィルスさん
同行二人でいきますか

西村松次
Shoji Nishimura

文芸社

C型肝炎ウィルスさん同行二人でいきますか

C型肝炎ウィルスさん　同行二人でいきますか●もくじ

C型肝炎ってなんじゃろ

C型肝炎って、お聞きになったことありますか。「C型肝炎ウィルス」という名前の付いた病原体がどういうわけか、よくわかりませんが、世の中におるのです。それが頼みもしないのにまあ、人間の体の中に入り込む。なんにもせんのならエエのですが、じわりじわり肝臓をいじめるのです。肝臓もいろんなことが原因で病気になるのですが、このC型肝炎ウィルスってのが一番たちが悪い。最近では、一週間に一回ぐらい新聞とかテレビで肝臓病の特集をしてますがね。C型肝炎ウィルスも肩身の狭い世の中になったものです。

でも、新聞によると、最近、「肝臓がん」が日本人の、死亡原因のトップになる勢いで増えているらしいのです。これが、一年間に三万人ぐらいの人が、肝臓がんで死亡しておるのですと。その約八割の人がC型肝炎ウィルスに感染しているのです。こりゃ、とんでもないことですわ。肝臓がんの原因は、こいつじゃったのですよ。恐いなあ、C型肝炎ウィルスって。とんでもないやつです。でもね、あたしもこの、C型肝炎ウィルスに感染しとるのです。まあ、しつこいお方で、まだ肝臓に、しがみついておられる。

ほかにも、肝炎をおこすウィルスといえば、A型とB型があるのですが、このA型やB型のウィルスに感染したとしてもC型に比べると、がんになる確率は少ないですね。それから、お酒の飲み過ぎでも肝臓を悪くします。でも、お酒が直接の原因で、がんになることはないんですって。よかったね。でも、お医者さんから「お酒を止めなさい」って言われて。「なーに死にゃあせんわい」言うて酒飲んでおったら、しまいにゃあ肝硬変でオサラバですよ。肝硬変までになって、どうにもこうにもならんようになって、それから後悔してもなあ。肝硬変になった肝臓は元に戻ることは、ありません。

酒飲んで肝硬変。こりゃあ自業自得ですが、C型肝炎はいかん。一生懸命治療しても、がんになる時はなるし。発病して何年もするうちに肝硬変になってしまう。

でもね、C型肝炎ウィルスに感染した人が、みんな発病するわけじゃあないんです。なかには、一生発症しない人もおられるし。発病したんだけれども、治療して、完全に治って、C型肝炎ウィルスが体の中から死滅したっていう人もおられる。完治したっていう人も何年か後には、どうなるかわかりません。今の医療じゃあ、確実に治る保証はないのです。特効薬がないですからね。

最近になってやっと、国の医療機関も感染経路を調べ出した。そしたら手術の時の輸血とか。ひどいのは昔の予防接種だって。昔は注射針を替えずに、たくさんの人に同じ針で注射してた。

その針から感染したらしい。この予防注射の回し打ちで、C型肝炎の患者をたくさん作ったのよね。困った話ですよね。

それから、非加熱の血液製剤もひどい話です。ウィルスの入っていることを知りながら使ってたのです。たまったもんじゃあないですよ。

あたしはね、小学一年生の時に校庭でころんで左足を折ったのです。大腿骨（だいたいこつ）の複雑骨折で手術せにゃあなりません。手術の時に輸血されたらしいのです。その時に感染したのですが、そんなウィルスがおるなんて思いもせん。でも、その時から潜伏しとったのです。高校を出て、会社に入って、いっちょ前に結婚して子供ができて、これからって時です。

会社の定期検診で「肝臓の数値が、ちょっと悪いですね。入院して精密検査してください」って言われたのです。

だいたい、そのころは肝臓が体のどのへんにあるのかも、知りもしませんわ。それから薬飲んでも治らない。入院してもなにしても治らない。とうとう大学病院に紹介されて。実験台みたいな、いろんな治療をしてもさっぱり効き目がありません。

しまいにゃ、医者も会社の同僚もみんな言うのです。「酒も飲まんのに肝臓が悪いのか、変じゃの。隠れて酒飲んどるじゃろう」ってね。「違うっちゅうに、腹立つなあ」

まだ、C型肝炎ウィルスが、見つかってなかった頃の話です。大学病院じゃあ「なんかのウィルスに感染しとる。なんとかしよう」とか言ってね。インターフェロンの実験台よね。まだ薬として認可されてなかった頃じゃ。臨床実験というやつですかね。インターフェロンを注射したら、どうなるかわからん。どんな副作用があるのかも、はっきりせん。

まあ、注射したらすぐに四十度近い高熱が出ることぐらいは、わかっておりました。あたしが薬の副作用で苦しんでる時に、会社の同僚が見舞いに来て言うんです。

長尾「おい、インターフェロンしてるんだって。『エイズじゃろう』、聞いたことがあるぞ」

あたし「違うちゃぁ」

あほか！　なんということを。噂（うわさ）とデマを信じとる。

長尾「ほしたら『がん』じゃろぅ」

原田「え、西村さんが『がん』かあ」

見舞いに来た二人が、二人して勝手に盛り上がっておるわ。

あたし「違うっちゅうに。肝臓が悪いのよ。ほんで新しい治療薬ができたの。その実験台じゃ」

長尾「ふーん。頑張っての」

このやろう信じとらんわ。「わしがもうすぐ死ぬじゃろうと思っとる」

こんな時代でした。あたしみたいな可愛い人間を、どうしても殺したいらしい。でもね、素人さんなら許せるけれど、その頃の医者はもっとひどい。歯医者に行くと問診表に今治療しとる病気を書く欄がありますよね。そこに正直に書いたらビックリ仰天。宇宙服みたいな完全防備で医者が出てきたんです。ほんで、あたしが使った椅子とか、器具とか、全部ビニールシートかぶせて「丸一日かけて殺菌消毒する」って言うのです。それから、あたしが行く日は「ほかの患者さんの来ない日にしてくれ」って言うのです。

そんなこと言われて、歯を削る最中に、耳もとで「感染が恐い、感染が恐い」って言われてごらんなさい。患者は、どんな思いをするか。ひょっとしたら、あたしの使ったスリッパまで消毒していたのかもしれません。

あたしが行くとなぁ、看護婦さんもイヤーな顔、するんです。歯の治療は途中で止めました。続けられないですよ。情けないことです。ほんとに悲しいことですね。若くてカッコいい先生でした。

でもね、歯医者っていっても国家試験を合格した、立派な医師ですぞ。こんなやつらが偉そうにしよる。医者はドクターって呼ばれるのではなくて、先生って呼ばれるんです。国会議員も先生。医者も先生。あれっま。やっぱまともなやつはおらんわ。

あ、ごめんなさい。つい興奮してしまいました。

大学病院の治療はそれからも続いて、インターフェロンは、一回や二回じゃ、ないのです。それでも治りませんから、ステロイドとか免疫抑制剤(めんえきよくせいざい)とか、可能性のあることを、全部やってみました。でも、やっぱり治りません。

もう病気の進行を止める手段がないわけで、とうとう「肝硬変」「食道静脈瘤（しょくどうじょうみゃくりゅう）」という病名をつけられたのです。最悪のパターンですわ。「肝硬変」「食道静脈瘤」これだけでも、いつ死んでもおかしくは、ありません。

とどめは「肝細胞がん」でした。これ以上の病名はないでしょう。終着点ですわ。この時はさすがにドスンときましたね。でも一回目というか、初めての時は「なにくそ」って、思いましたから、元気もあったわけです。なんとか、がんも、やっつけることもできて。やっと退院して職場復帰して、一カ月も仕事しましたでしょうか。そしたら、がんのやつ、再発したんです。これにはさすがに、こたえました。「こりゃあ長くないわ」と、思いましたもの。

この肝臓はもう絶対に治ることはない、遅かれ早かれ絶対に死ぬ。そりゃあ病院にかかってますから、今すぐに死ぬってなことは、ないでしょうが。近い将来必ず死にます。肝臓不全か静脈瘤破裂による吐血か、がんでね。

医者に聞いたら「四年はもつ。保証するが、それ以上はなんとも……」だって。ばかにしてやがる。あったまにきて「おまえ医者じゃろう、病気を治すのが仕事じゃあ、ちゃんと仕事せいよ」って言ったらね。

「すまん」って一言ですよ。

どうにもなりません。人間の力って、たかが知れてる。恨み言も言いたくもなりますよ。「なんで、自分が」って思ってもしまいます。「諦める」って言葉もよぎります。

でもなあ、そう簡単に諦めることもできません。その瞬間まで生きにゃあ、なりません。生きるためにゃあ治療もせにゃあ、なりません。絶対に治らん病気ではあるけれども、諦めるわけにはいきません。注射もするし、手術もする。医者の言うことは、なんでも聞く。死ぬるその瞬間までなあ。

しっかし、いろんなことがあったなあ、C型肝炎ウィルスさんよ。まあ、これからも、よろしくたのむわ。

ウィルス「はいよ」
あたし「お、おったのか」
ウィルス「おっす」
あたし「疫病神(やくびょうがみ)めが」
ウィルス「はっひ、ふっへ、ほー」
あたし「ば、ばい菌マンじゃ」
ウィルス「え、へへ」

へったくそな注射

注射は、痛いです。気持のいいもんじゃあ、ありません。皆さんも一回ぐらいは、注射で痛い思いをしたことが、ありませんか。お尻やら腕やら、特にいやなのは血液検査やらなんかで、血管にぶっといのをされます。これがへたくそな看護婦と、じょうずな看護婦とかおられます。下手な看護婦が刺すと血管に刺さらんので血管をつつき回されて、痛いし頭にくるし「しばいたろかー　この看護婦が！」って思ったことがあるでしょう。

大学病院では、毎年こういう時期があるんです。今まで見習いの研修生が医者の免許を取ってしまう時期。わかりますぅ。

春爛漫(はるらんまん)、卒業とともに医師の国家試験があるのです。当然合格して医者になります。今まで注射もしたことのない連中が、一斉に注射を始めるのです。当然、実験台は生身の患者じゃあね。昨日まで注射器を触らせてももらえなかった、できたてのへたくそな若い医者が、注射器を持ってやってくるんです。

ああ、春は患者にとって、悪夢のような恐ろしい季節なのです。

あたしの主治医は小西先生って、肝臓の名医です。忙しいから、いつも病室で患者の世話をしとくわけにゃあいかん。普段は若いお医者さんが、担当医として注射やら、検査やらしてくれる。でもね、この時期は、ほんとのぺーぺーのお医者さんが担当になるのです。

国家試験に合格したからといっても、経験がなくちゃあ治療もできません。まあ、今日からがほんとの医者の修業です。あたしの担当は「大下先生」っておっしゃる。昨日、医者の免許をもらった、ピカピカの若葉マークです。頼りなーい、お医者様であります。

大下先生「あのー昨日合格通知がきましたので、今日から医師として医療行為ができます。あのー西村さん。血液を採取したいのですが、針を刺してもよろしいでしょうか?」

何を今さら言うかい。注射器と試験管の採血セットを、両手にしっかり持っておるじゃあないか。わかっちゃあいますが、そこはベテランの入院患者としての貫禄を、見せにゃあなりません。

あたし「あーん合格したん。ふーん、大下先生がするの。大丈夫?」

いやーな予感がします。

大下先生「大丈夫と思います。同期の研修生同士で注射の練習はやってきましたから、任せてください。これが練習の痕です」

先生の二の腕は、内出血で紫色になっています。

あたし「ほんとー、まあーいいか。でも、右腕で十回失敗したら、その時は看護婦さんを呼んでね。左腕は出さないよ」

あたしの血管は、ちょっと腕を縛るだけでよく浮き上がります。自分でいうのも変ですが、注射針の刺しやすい血管なのです。

大下先生「大丈夫ですよ。いくらなんでも十回は失敗しませんよー。その時は自信喪失(じしんそうしつ)ですね」

あたし「んじゃ、やってもらうかねっ」

大下先生「縛りますよ。ふーん、よく浮きますねー。チョット痛いですよー」

あたし「イテテテッ痛いよ。先生」

大下先生「す、すいませーん。失敗したみたいです」

先生は、身長一八〇㎝を超える大男です。その大きな手を見ると、これがいけません。ブルブル、ブルブル、震えています。顔を見ると汗ビッショリです。これではまともに注射器を持つこともできますまい。

あたし「先生。チョット待って、深呼吸して、深呼吸」

大下先生「は、はい。スーハー、スーハー」

手は、まだ震えています。

大下先生「西村さん。もう一度、いきますよ。あれっ、うーん、痛いですか?」

あたし「痛い」
大下先生「すいません。もう一回」
あたし「あ、痛たたたっ」
大下先生「……」
とうとう、十回も連続して失敗しちゃいました。右腕は、内出血で見る間に腫れ上がってきます。
あたし「先生。看護婦さん、呼んで!!」
大下先生「はい。あぁあっ私、自信なくしちゃいました。すいませーん」
自信。そんなこと知るかい。やられた方はむちゃくちゃ痛いわい。でも、声をかけてあげなければ。
あたし「大丈夫よ。今日は初日であがっとったのよ」
怒ったらいかん、怒ったらいかん。なんせ、あたしの担当医は大下先生になったのですから。
明日から、毎日の注射は大下先生がするのです。
ウィルス「地獄じゃあ」
大下先生「か、看護婦さん呼んできます。ちょっと待っててください」
しばらくすると、看護婦さんでしょう、パタパタパタ廊下を走る、足音が聞こえてきました。

副婦長「西村さん。災難じゃったね。今日は患者さん、受難（じゅなん）の日じゃあ。忙しい、忙しい」

　まあ、よりによって副婦長の西丸さんを呼んできたのです。

あたし「ごめんねー西丸さん。その前にこの腕なんとかして」

副婦長「ぎぇー。こ、こりゃあ。バットみたいに、腫れ上がったねー。なんでこうなる前に『止めて』って、言わなかったの」

あたし「うーん『十回は、失敗してもええよ』って、言ったのよ。仕方ないから我慢しとった」

副婦長「あほ、これじゃあ注射は当分できん」

　副婦長の後ろで、ポツンと大下先生が立ってます。すると副婦長が、振り向きもせずいきなり、大声で叫ぶんです。

副婦長「湿布持ってきて！」

大下先生「は、はいっ」

　後は、副婦長のいいなりです。あっという間に右腕の湿布も終わり、左腕に一発で針が刺ります。

副婦長「失敗は、三回が限度です」

　副婦長の西丸さんは大声で言い放ち、意気揚々と帰って行かれました。

あたし「先生、明日からは、大丈夫よ」

大下先生「今度は、一発で成功させます」
あたし「……」
　ほんまかいな。この時期に入院している患者さんは、似たり寄ったりの受難の日です。病人同士で腕の勲章を見せ合います。
患者A「わたしゃあ、五回です」
患者B「僕は、三回でした」
患者C「ははは、一発」
あたし「よかったねー。あたしゃあ、十回」
患者ABC「そりゃあ、災難」
あたし「あふっ」
　最初から、なんでもできるお医者さんなんて一人もおられません。失敗をしながら、だんだんと一人前のお医者さんになっていくのです。大学病院は最高の医療を受けられる病院ですが、お医者さんを育てる場所でもあるのです。ある程度の覚悟は必要なんです。
あたし「あー、痛！」
ウィルス「最初っから、注射のうまいお医者さんも、おるで」
あたし「シー」

脱走して焼き肉を食べに行く

病院の給食も長いあいだ食べていますと、だんだん飽きてきます。しゃーないですよ、いつもそんなに変わったメニューでもないし。一カ月もすると、だいたい同じもんが出てきます。入院した当初は、目先（めさき）も雰囲気も変わってエエですよ。ちょっとメニューもハイカラだしね。そんなにまずくもない。

でも、だんだん飽きてくる。もっといかんのは、インターフェロンの副作用で口の中といいますか。舌の上は真っ白になってしまって、何を食べても砂を噛んどるみたいで味がせんのです。

何かスカッとする物でも口に入れたらどうかなっと思ってコーラを買ったり、サイダーを買ったりしてますが、どうもいかん。たまには、看護婦さんの目を盗んでサンドイッチ、いなり寿司など、かくれて買い食いしていましたが。食いしん坊のあたしゃあ「病院の外で肉か何かうまい物が食べたいなー」と、悪魔（あくま）が耳元で囁きます。

そうそう、そういえば同室の森下さんも、パンや蜜柑（みかん）や、いつも何か食っとる。一人じゃあ面白くないし、声でもかけてみますかね。
あたし「森下さん。今日のお昼は、まずかったですねー」
森下「そーかな、こんなもんよ」
あたし「でも、焼き肉でも食べたいですよね」
森下「そーか、焼き肉かー。うまい肉はしばらく食ってないよな」
あたし「そーですねー、たまに肉が出ますが、パサパサですものね。脱走して、焼き肉を食べに行きましょう?・?・」
森下「よっしゃ、わかった。しかし、看護婦の二、三人も連れていって、五、六人で、わいわい賑やかにやりたいね」
あたし「そーですね。男同士が差し向かいで、ウーロン茶を飲みながら肉を食っとる姿は、絵にゃあなりません」
森下「そうじゃ、山田くんも誘うか。あの子は体格もええし、よー食うぞ。で、ところで看護婦はどうしよう」
あたし「そうですね。心当たりの看護婦さんがいますから、声を掛けてみますよ」
森下「そっかぃ」
あたし「そしたら森下さんは、山田くんに声を掛けてください」

実は、最初から同室の山田くんを狙っていました。どうも山田くんには、気になっている看護婦さんがいるのです。

あたし「ぐふふふふー」

ウィルス「いやらしかー　中年のやじうま根性じゃ」

そこで。山田くんを囮(おとり)にして、看護婦を三人引っかける悪巧(わるだく)みを、すでに考えてしまっておるのです。ちょうど四月の転勤で、新人の看護婦が三人も我々の病棟の担当になったのです。また、この三人が可愛いし、仲がよいのです。かしまし娘とは、この三人のことですわ。どこに行くのも一緒です。その中の一人が、山田くんの気になっている看護婦さんなんです。

こっちも三人で、あっちも三人、人数もぴったり。それにグループの最年長の看護婦と、あたしゃあよく話が合うんです。なかなかエエ女の子ですが、チョットほかの二人とは年が離れておられる。二十八歳だったかなぁ、名前は徳子さん。のりこじゃから、あだ名は「のんちゃん」です。若い研修医を叱りとばすほどの、男勝りの看護婦さんです。研修医は、嫌ってます。ちょっと真面目すぎるってのも、あるのかもしれません。

あたし「のんちゃん。ちょっと話を聞いてもらえる」

のんちゃん「なんですか」

あたし「あのね、なんかイライラするし。ストレスがたまってきたんよ」

のんちゃん「そーよね。毎日注射されて、採血されて。検査、検査じゃあ、気も滅入るよね」
あたし「そこでね、ちょっとストレス解消したいのよ。何かないかね」
のんちゃん「そうねー、外出でもしたら。二、三時間の外出はできるよ。買い物か、散歩か、まっ、映画でも見てきたら?」
あたし「そーか、映画かー。でもちょっと、何か食べに行ってもいいかねー」
のんちゃん「いいよ、別に食事制限があるわけじゃあないし。でもアルコールは絶対にだめよ」
あたし「はいはい、それは十分わかってます。でも、一人で飯を食うのも寂しいよね。のんちゃん一緒に行きません?」
のんちゃん「いいよ。でも二人っきりじゃあね」
あたし「あと二人連れて来るから、グループで行きましょうよ」
のんちゃん「あと二人連れて来るって、誰よ?」
あたし「森下さんと、山田くん」
のんちゃん「ああ、あの二人ね。まあ話は合うし。で、こっちは誰にしよう」
あたし「新人三人で来れば」
　こりゃ、あと一押し。
ウィルス「今じゃ!」

とっておきの切り札を出すタイミングであります。

あたし「実は、山田くんが看護婦の、久美さんに気があるみたいなんですよー。そこでね、森下さんと相談したら、病院の外で『二人が話をできるようにしてやりたいな』ということになったんですよ。それでね、計画してるのよ。食事代は男性三人で全部持つことにするから」

のんちゃん「そっかー、それじゃあ声でも掛けてみるか。でも、ほかの看護婦には絶対にしゃべったらだめ！」

ウィルス「決まった！」

世話好きののんちゃんが、一肌脱（ひとはだ）がぬわけがない。悪巧みは十中八九成功したと、確信していました。案の定、その日の夕方、のんちゃんが人目を忍んでやって来ましたぞ。

のんちゃん「いいよ。今週の土曜日は、三人とも夕方は空いてるよ。男連中は、どうせ入院してるしー。いつでもOKよね。で、どこに行く気よっ」

あたし「あそこのダイエーの近くに、焼き肉屋さんがあるよね。あそこは、どうかね？　どうせ病人は飲めないけど、看護婦さんは、ビールでもなんでも飲んでください」

のんちゃん「焼き肉かー。肝臓病の人は、あんまり脂っこいものを食べたらいかんけど。ちょっとぐらいなら、ま、いいか」

あたし「そしたら、土曜日の六時に、店の前で待ち合わせですね」

のんちゃん「ん、わかった。でも、いーい。絶対に内緒よー」
あたし「わかってますって」
ウィルス「ヤッホー、やったね！」
悪巧みの成功です。そこで、土曜日の外出をお願いするため、看護婦詰所に外出届けを出しに行きます。外出には婦長さんの許可が必要なんです。
婦長「西村さん。あなたたち何かおかしなこと考えてません？」
あたし「え、どうして？」
婦長「森下さんと山田さんも、同じ日の、同じ時間の外出届けを持ってきましたよ」
あほめ、時間をずらすとか、ちょっとは考えろ。
あたし「えー、知らないですよ」
婦長「ま、いいですよ。許可します」
あたし「それでは、よろしくお願いしまーす。早めに帰って来ますから」
婦長「西村さん、土曜日の夕食は、欠食ですよね」
あたし「はーい、よろしくお願いします」
いろいろごまかして、やっとの思いで焼き肉屋に着きますと、全員がもう来ておられる。
森下「今日は、日頃お世話になっている看護婦さんのお礼のため、この席を計画させていただきました。看護婦さんのみなさんは思いっきり食べ、かつ飲んでいただくとして。病人どもは、お肉を少し頂くことにしまして、ウーロン茶でお付き合いさせていただきます。また、会計の方は、病人三人ですべて持ちますので、安心してやってください」

町議会議員の森下さんが、一言、ぶったれて始まりました。

全員「カンパーイ」

男はウーロン茶。女性は大ジョッキという奇妙なパーティーの始まり、始まりー。ま、食べる食べる。そして、よく飲む。若い看護婦さんの見事なこと。

ウィルス「ひえーまあ！　蟒蛇(うわばみ)じゃ」

病人どもも久しぶりに、肉汁のしたたり落ちる、ジューシーな肉にありつきまして思惑どおりになったのです。

しかし、あんまり食べられません。腹が裂けるほど食っちゃろうと思うちょりましたが、なんとまあ意気地のない。女の子のほうがようけお食べです。あたしゃあ、見とるだけで腹一杯。でもなあ、久しぶりの外です。脱走です。やっぱり満足満足、大満足。

それから二、三日たって、焼き肉のことなんかすっかり忘れていました。次の悪巧みをあれこれ考えている毎日です。ましてや、山田くんと看護婦の久美さんのことなんか知るよしもありません。

ところで、大学病院の面白いのは、毎週木曜日に教授回診というのがあります。テレビドラマなどで、よくやってますよね。同じようなもんです。まず教授が先頭に立って、後を若い研修医たちが二十人ぐらいでしょうか、ぞろぞろ、ぞろぞろ、金魚のふんみたいについてきます。そして、教授が患者一人一人を診察して「状態は?」の一言で担当の若い研修医がカルテを読んでいきます。教授がその内容を聞いているのかは知りません。患者の状態を聞きながら聴診器を耳にかけます。聴診器を耳にかけた時点で、婦長が患者の蒲団をはぎ取り、寝間着の胸をはだけて聴診器が胸にあたるスペースを作ります。これが面白いことに、どんな病気でも必ず胸なのです。

聴診器で音を聴きながら「フンフン」と言ったらもう終わりです。

よほどの重体か、めずらしい病気でもないかぎり、一人三十秒ぐらいの診察です。よくわかるもんですね。いつも感心しています。内心、わかるわけないでしょうがと思っていますが。口に出して言うことはできません。

すぐにあたしのとこにやってきます。教授がベッドサイドに来て聴診器を耳にすると、婦長が寝間着を持ち上げながら耳元で囁くのです。

婦長「うふ。焼き肉、おいしかったー」

ウィルス「ぎゃ！　ばれとるで」

冷や汗が、ゾゾゾー。

教授「ん、寝汗だね。この患者の担当医、今朝の体温は？」

大下先生「あのー、カルテには、まだ記述しておりません」

教授「あん、君ーい。臨床の基本ができとらんね」

大下先生「も、申し訳ありません」

あーあ、かわいそうに、あたしのせいで怒られたらしい。そのまま教授は次の患者さんのところへ行ってしまい、教授回診の続きです。

ウィルス「へ、なんじゃあこりゃ」

しばらくして病室全部の回診が、終わったのでしょう。大下先生がやって来ました。

大下先生「熱があるの？」

あたし「いいや、熱はないよ」

大下先生「どうしました？」

あたし「別になんでもないよ」

大下先生「ま、それならいいんですけど。うふふー、焼き肉もいいけど、お寿司もいいですねー」

ウィルス「ギャフン！」

あたしゃぁ、なんにも言い返す気力は、ございません。
あたし「……」
次の土曜日の夕食は、お寿司でした。それから退院するまでに、お寿司二回、喫茶店三回、おしるこが二回でした。
ウィルス「ブルブルブル！　恐ろしい、ところじゃ」
結局、三カ月間も毎日インターフェロンを注射したのですが、治療成果もあがらないまま退院です。もうすぐお盆。ジャンパーで入院してTシャツで退院します。
あたし「とほほほー」
荷物は、一人で軽々と持てますので家に電話をして帰ります。
プルルルッ、プルルルルッ。
あたし「今日の晩飯は焼き肉にして」
かあちゃん「ん？」
あたし「今から帰る」
かあちゃん「うん」
ガチャ。
もう何回目の退院でしょうか。最初のころの入院じゃあ毎日見舞いにきてましたが。もう、さっぱり来ることはない。入院の荷物も一人で持ってくるし。退院も一人で帰る。
まあ、ほかに帰るところもないし。
あたし「おい、C型肝炎ウィルス。帰るぞ」
ウィルス「はいよ」

苺を食って食中毒

入院中に、まだ食べ物で、失敗をしています。職場の課長が見舞いに来て「コレッ」といって、苺を一箱置いていってくれたのです。あたしが食いしん坊だということを知っていて、大粒の苺を一箱もです。ありがたいのですが、とてもとても一人じゃあ食べ切れる量じゃ、ありません。

あたし「正直な話、お金のほうがエエのじゃが」

ウィルス「ばかたれ！　なんという罰あたりじゃ。せっかくくださった物を」

大学病院の一般病室は、六人分のベッドが置いてあります。すべてのベッドがいつも満員ってなわけじゃあない。比較的入院期間の短い人や、あたしみたいに三カ月になろうかという主みたいな輩から、途中で違う病院へ再入院される人。外科へ行ってしまわれる人など様々なんです。

それでも、三人しかベッドに残っていない、ということもめずらしいのです。焼肉に行った例の三人ですわ。

焼き肉がばれて、もうちょっと静かにしとこうかなぁと、思っておるところに苺を頂いたのです。これがまた量が多い。課長も「皆さんにもお配りしての」と言うのですが、食べ物はねー。良し悪しで、患者さんの中には食事制限をしておられる人もある。まあ、この部屋は大丈夫ですが。

前回の入院中に友達になった患者さんがいます。肝臓とは違う病気ですが。口から食物を取ることができない病気の人なんです。難病でねぇ、物を食べたら消化器官、主に腸で炎症を起こすからなんにも食べることはできません。でも、若いし食欲はある。当然腹は減る。絶対に食べたらいかん。毎日点滴で栄養をとっとるわけです。

この患者さんができた人で。そんじょそこいらの生臭坊主とはわけが違う。それこそ地べたを這いずり回って、何度も死ぬ目に遭って、人間が根こそぎに悟ったような人です。でもな、そんな人でも、しみじみと言うんです「人がうまそうに食っとるとねぇ、条件反射というやつですか？　思わず、よだれが出るんです」。そんな人の前でおすそ分けして「あーうまいっ」って、みんなで食べるわけにゃあいきません。じゃからね。お見舞いには食べ物は向かんです。花もいかんです。花粉アレルギーの人が同じ部屋においでかもしれん。じゃから、お見舞いは気持ちでエエのですよ。物や形じゃあないんです。まあ「顔でも見に行ってやるかいの」これが一番エエのです。

上司でしたら、手ぶらというわけにもいきますまい。屁みたいな体面もあろうから、少しのお金でも包みなはれ。それが無難じゃあ。

しかしこの苺、量が多いです。十人がかりでも一度に、食べ切れる量じゃあない。前から変な課長じゃなあ、とは思うちょりましたが、ここはスーパーじゃあないんですから、もうちょっと量を考えてほしいものです。

それでも超特大の苺を半分、みんなで頂いて、それでもう腹一杯。夕食が入りません。まだ半分残った余りをどうしようかと悩んでいました。

だいいち、病室に冷蔵庫なんぞという気のきいた物はありません。驚くほど古い病院で、昭和三十一年の建物です。で、そこいらじゅうゴキブリが這いずり回っていますし、窓もピッタリとは閉まりません。

網戸も壊れていますから、蚊も自由に出入りができる。夜は蚊取り線香を焚かないと蚊に食われて、かゆくてかゆくて眠れません。それに夜の九時になったら、冷房も切れます。夏は暑いです。冬になったら夜九時で暖房も切れます。今度は凍えますね。なんとも非人道的な病院でありましょうか。

夏の時期の患者さんは、よっぽどの体力がないと、入院生活に耐えられません。

このくそ暑いのに「病室の入り口を締めて寝てくれ。窓は防犯のために鍵を掛けろ」ですって。風も入りません。暑くて寝れますかいな。せめて窓を閉めるんだったら、十時か十一時まで冷房を入れておいてほしいものではありますが。それで「はい、九時、消灯、さあ寝ろっ」ったたって寝れますかいな。

じっくりコンクリートの壁が、西日で焼けとりますもの。暑い暑い、こりゃぁたまらんですよ。これでも国立の大学病院なのです。

おお、苺でした。苺の保存方法です。

あたし「どうしましょう? 森下さん」

森下「どうするかね。冷蔵庫もないし。ベッドの下に置くのも考えものじゃね」

あたし「いっそ、外に置きましょうか」

夜は病室の中より、外のほうが涼しいのです。病室は一階ですがちょっと地面より高くなってましてベランダみたいになってます。直接地面に置くわけではないですから「いいかなぁ」ってなもんです。

あたし「外に置いとこ」

そこで、苺のパックを一晩、ベランダに放置することにしたのです。あ、忘れていたことがあったのですよ……「ニャーオ」

この病院はのら猫の巣窟(そうくつ)でしたわ。お見舞いにこられた方やら、入院している人が、つい可愛い、かわいそうということで食事の残り物やらなんやらかんやらあげておるのです。ですからのら猫がいっぱいすみついていています。二十匹もいますかね。しっかり忘れとりました。……ニャーオー。

朝になって、いやーな予感。苺のパックが気にかかります。ちょっとベランダに取りに行きましたら、何やら臭うのです。パックを取り上げて見ますと、何やら黄色い液体が底に溜まっています。

そして、よく見ると猫の毛が苺にこびりついています。猫が小便を放っとるのです。野良猫が一晩ベッドに使ったものでありましょう。起き抜けに一発。

のら猫1「ああ、ブルルッ」

予感、的中。

あたし「ぎょぎょぎょー、くっ臭い」

ほんとに臭いんですよ、猫のションベンって。捨てようかと一瞬考えましたが、そこは食い意地のはってる、あたしでございます。

あたし「洗ったら、大丈夫よねー」

ウィルス「あほじゃあ、やめときゃエエのにねえ」

森下さんと山田くんには、見つからないようにコソコソと洗面所に向かったのです。普通、病院の洗面所に洗剤なんぞ置いてあるわけもありません。まあ、ちょこちょこっと水道の水で洗っただけで、それを朝食のデザートとして、三人で全部食べちゃいました。

　そして、一時間か二時間近く経ったでしょうか。

あたし「あれ！」

　何やらお腹の調子がおかしいじゃありませんか。ゴロゴロ、ゴロゴロ鳴り出すじゃありませんか。どうも調子が悪い。それからはトイレの往復です。ピッピーの超特急。ありゃ完璧に食あたりです。

　何回かトイレに通ってましたら、隣のトイレで森下さんがうめいてます。そして、トイレから出てみると、なんと山田くんがトイレの前で待っています。

　どうも三人とも食あたりです。洒落にもなりません。三人がトイレに入ったり出たりで大忙しです。ピッピー、ピッピー。超特急のオンパレード。

　幸いにもここは病院です。薬はいっぱいあるし、医者も掃いて捨てるほどいます。

　ナースコールを押します。

　ピンポーン。

看護婦「はーい、西村さん。どうかしましたか？」

あたし「看護婦さん、チョットお腹の調子が悪いのですが」

看護婦「はい。すぐ、お伺いしまーす」

廊下を走る音が聞こえます。

パタパタパタ。

看護婦「どうしましたか？　お腹が痛いの？　下痢してるの？」

あたし「ええ、お腹が痛くて、朝から八回もトイレに行きました」

看護婦「はい、わかりました。すぐ先生にお伝えします」

あたし「ありがとうございます。イテテテー」

すぐに、大下先生がやって来ました。

大下先生「西村さん。お腹が痛いって？」

あたし「そうなんですよ。下痢がひどくって。なんとかしてください」

大下先生「そうですか。チョット、お腹を見せてください。ここっ、痛いですか？」

あたし「はい、痛いです」

大下先生「ここは？」

あたし「そうでもない」

大下先生「チョット、口を開けて見せて」

あたし「あーん」

大下先生「べつに、風邪ではないようですね。下痢止め薬でも出しておきましょう。薬を飲んでも治らないようでしたら、また、言ってください」

あたし「ありがとうございました」

これと同じことを森下さんと、山田くんが繰り返してます。

今日だけは、三人とも悪さをする元気もなく、ベッドにころがっていました。こうなると、病人らしい。しばらくすると廊下を勢いよく走る音が、パタパタパタパタ聞こえます。

ウィルス「誰かな。えらい急いどる」

あれっなんと、副婦長さんが血相変えて、あたしのベッドに走って来ましたぞ。

副婦長「西村さん！」

あたし「はい、なんでしょうか？」

副婦長「西村さん。あんたら三人で病院の給食のほかに、何か食べたわねっ」

あたし「えー。なっ、何も別に食べてないですよ」

副婦長「ほんと、おっかしいなー。ここの部屋だけが、お腹こわしとるのよー。ほかの部屋はなんともないし。病院の給食がおかしかったとは、考えられんのよ。お見舞いに何かもらったとか、なんか食ったでしょう？」

あたし「いや、ないって」

副婦長「おっかしいなー『絶対に何か食った』と、思ったのよねー」
あたし「食ってないって」
　首をかしげながら、副婦長さんは帰って行かれた。
ウィルス「食っちょるんよねー」
　三人が同じ物を、ただ一つ食っとるのです。苺をです。それも猫の小便のかかった苺を。ほかには考えられません。猫の小便のかかった苺で、三人とも食あたりを起こしたのであります。
ウィルス「傑作！　傑作！　大笑いじゃあ」
あたし「痛たたた」
　お腹の中で、また猫菌（ねこきん）が喉（のど）を鳴らしています。
猫菌「ゴロゴロゴロゴロ」
　痛てて、強烈ですな。森下さん、山田くん。ほんとに申しわけない。しかし、猫菌があるなんて。
　よい教訓になりました。
教訓『猫の小便のかかった苺を食べるとあたるぞ　食うべからず』
　皆様も、お気をつけください。
のら猫1「わしの小便のかかったもの、誰も食べんて」

のら猫2「そりゃあ、そうじゃあ」
のら猫3「食った人間がおるらしい」
のら猫1、2、3「あほ！　じゃあー」
猫菌「ゴロ、ニャーオー」
ウィルス「バカじゃあ、なかろか」
あたし「お前さんまでが、言うかぁ」

インターフェロン

「この薬は、C型肝炎の特効薬です。新しく開発されたこの、インターフェロンで日本人の国民病といえるC型肝炎を撲滅できます」と、ずいぶん前にNHKの教育テレビで、どこかの大学教授が意気揚々と、お話になっていましたなぁ。

あたしゃ、インターフェロンは臨床実験の段階で打っていますので「なんと、おおげさな。そんなに効かないよ！」と、独り言を言いながら見ていましたが。

はっきりいって効く確率は低いです。とてつもなく低いのです。たった十八％です。有効率二割にもなりません。インターフェロンが薬として厚生省が認可する前に二回、薬として認可されてから一回挑戦しましたが、まったく効きませんでした。これがひどいもので副作用は人並みに出るんですが、ウィルス量はまったく減りません。大学病院の先生も「これほど効かんのもめずらしい。普通は、ちょっとぐらいよくなるはずなんじゃが？　ほんとに効かんな」と、嘆いておられた。

あたしには、インターフェロンは効きません。しかたがないので、なんでもかんでもやってみる。ステロイドもやりました。一年間続けてこれも効果なし。免疫抑制剤は飲んで一カ月もせんうちに顔中が、にきびの親玉みたいに腫れあがって即中止。強力ミノファーゲン注射の倍投与もしました。でっかい注射器で毎日二本も注射です。看護婦さんも量の多さにビックリですよ。でも、これも効かんのよね。何やっても駄目だったのです。

小西先生も「お手上げ状態じゃわ」と、言うし。ちょっと待ってよ、なんとかしてよ。C型肝炎の怖いところは、慢性肝炎から肝硬変。肝硬変から肝がんになることです。このままいくと、どうなるかわかります。素人のあたしにもなあ。

ウィルス「やばいなぁ」

あたし「あのな！　あんたのせいでしょう」

今回の入院中に、こんなことがありました。インターフェロンは、いったん始めると長期間の入院が必要になるんです。最初が問題です。熱は出る、白血球は減る、血小板は減るし、インターフェロンを注射した直後の脱力感っていうたら、なんともいえません。きつい薬です。二〜三カ月も入院しとったら、どの人がインターフェロンを打っているのか、だいたいはわかります。

最近では、初めの二週間だけ入院して、後は通院でインターフェロンは打てるようになりました。副作用は一緒ですがね。でも、あたしがやってた頃は、三カ月の入院が必要でした。長い入院ですから、患者自身も知りたいのですね。自分はどうなのか。人はどうなのか。効いているのか効かないのか。ひじょうに気になります。どんな些細なことでも知りたいと思ってしまう。だんだん顔を覚えてくると、廊下やベランダなどで自分の状況とか、おたがいに話すようになってくるんです。情報収集です。ほかにすることがないのです。おかげでC型肝炎のことは詳しくなりましたがね。

ある日、あたしが、ベランダに出てポケーッとしていましたら、隣の病室の方がベランダ越しに涙を流しながら話しかけてくるんです。

ウィルス「なんじゃろかいな？　えらい深刻そうじゃ」

奥さん「こんにちは。ちょっとよろしい？」

あたし「はい？」

奥さん「実はー、今さっきお医者さまがおっしゃって『あなたには誠に申しわけないですが、インターフェロンを打っても効果がないのです。これ以上のインターフェロンは無意味ですので、インターフェロンは中止します。もう入院している意味もないので退院してもらえませんでしょうか？』ですって。一方的ですよね」

あたし「それは！」

言葉を失います。大学病院は多くの患者さんが、ベッドの空く順番をお待ちです。いざ退院と決まると、とっとと、おん出されます。患者が気持ちの整理をしとる暇もない。これが治って退院ならまだエエのですが、治療効果がないから「退院してくれい」と言われるのは、言われる者にとって、とんでもないショックです。

あたしゃぁ、治療効果がなくて退院することはもう慣れっこですが。だって大学病院へ入院して、治って退院したことが一度もないんですもの。

ウィルス「こんなこと、今この奥さんに言ったらいかん。いかんぞー」

奥さん「見放されました」

それはもう大変な落ちこみようで、見ている方もつらくなります。

奥さん「なぜ、こんなに、つらい思いをしなければいけないのですか」

あたし「はー」

なんともしがたいのです。しばらく落ち着かれるのを待って、よくよく聞いてみたのです。大学病院を紹介されたお医者さんから「C型肝炎によく効く特効薬ができたのです。大学病院で治療しているから、奥さんには必ず効くと思います。やってみましょう」と、聞かされて入院されたらしい。

ウィルス「無責任な医者よの。必ずって言うからいけん」

奥さんも長い間、肝臓の病気に苦しんでおられたようで、いろんな治療をしたり漢方薬を飲んだりと、いろんなことをしたらしい。でも、今度こそ絶対に治ると信じて、「インターフェロンが絶対に効く」と自分に言い聞かせて、あのつらい副作用に耐えておいでだったのです。こらえておられたのです。

絶対に治ると信じて入院し、一生懸命頑張って、ある日突然「効かないから止めましょう」一方的な医者からの通知です。

ウィルス「もうちょっとは考えてくれりゃあ、エエものを」

大学病院の若い先生方は、まだまだ修業がたらんですよ。患者の気持ちを考えることをしなされ。上司から言われたことをそのまま患者に伝えるだけなら、誰にでもできる。

あーあ、奥さんは〝希望〟という橋の上を、意気揚々と歩いておって、ある日突然〝絶望〟という谷底に、突き落とされたようなものです。ショックも大きい。心に重い痛手を負ったのです。あたしも同じような経験をしたので、よーくわかります。

そこで奥さんの顔色を見ながら、ぼちぼち話し始めました。

ウィルス「なんて言う?」

あたし「インターフェロンは、今回で何回目ですか?」

奥さん「え!　初めてですが」

あたし「インターフェロンは、八割の人には効きません。ご存じですか?」

奥さん「え、効かない？　そんなに効かないのですか？」
あたし「ええ、そうですよ。効かないですね。二割弱の確率でしかない。お医者さんが治療を始める時、何か言いませんでしたか？」
奥さん「え、いいえ。何も」
あたし「おっかしいなー、説明するはずですが。副作用とか治療の確率とか」
奥さん「え、ええ。副作用のお話は、聞いたと思いますが」
あたし「その時、お話があったはずですが」
奥さん「え、そうですか？　あがってしまって、よく覚えておりません」
あたし「そうですよねー、普通『これほどの副作用がある』と言われた後は副作用のことばっかり考えてしまいますものねー」
奥さん「そうなんですよ。髪の毛が抜けたり、白血球が減少したり、高熱が出たりとか大変です」
あたし「副作用ってつらいですよね。血小板も減少するでしょう」
奥さん「全部、出ました。大変でした」
あたし「そうですね。でも、女性の髪の毛が抜けるのは、無惨な気がいたします」
奥さん「予想はしていましたが、最初はビックリしました。つらいです。でも『治れば』と、思い耐えてきました」
あたし「そうですか。でも、インターフェロンを止めれば、元通り髪も生えてきます。血液の状態も、すぐに改善しますから」
奥さん「そうですねー、しかし、お詳しいですね」
あたし「はい。わたしゃぁ三回も、インターフェロンをしていますから」
奥さん「え、三回も？」
あたし「奥さん、まだ一回目ですよね。まだまだ、可愛いですよ。わたしゃぁ、三回目も効かないみたいです。あーはははは っ」
奥さん「え、まだ効かない？」
あたし「そうですね。今度は、何か新しい違う方法でチャレンジしますよ」
奥さん「え、まだほかに何か？　どんな治療方法があるのですか？」
あたし「まだわかりません。治るか死ぬか、その時まで何かやりますよ」
奥さん「はあっ？」
あたし「一回失敗したぐらいでくよくよしなさんな。二回目も挑戦すればいいことです。わたしゃぁ、二回目でやっと効果が出て『C型肝炎が完治した人』を、実際に知っています」
奥さん「え、二回目で、ですか？」

あたし「一回で治ればいいのでしょうが、わたしの義理の母親は一回で治りました。ほんとによく効く人も、あるのですねー。ちょっと、うらやましい気もしますが」
奥さん「では、二回目の機会はあると、いうことでしょうか」
あたし「そうですね。再挑戦してください」
奥さん「ほんとに？」
あたし「お医者さんとよく相談してください。ウィルスの量にもよりますし体調もあります。『今、打つと治る確率が高い』という時期もありますよ」
奥さん「体調も影響されるのですか？」
あたし「そうですよ。インターフェロンを打つ時期ってこともあります」
奥さん「あはは。そんなものですか」
あたし「そんなものです」
奥さん「へー、そうなんだ。これでもう治療できなくなったと、思っていました」
あたし「大丈夫。できますよ。次も頑張ってください」
奥さん「はい。しかし、あなた強いですねー」
あたし「ははは っ鈍感なだけですよ。でも、頑張ってくださいよ。次の挑戦では、きっとよい結果が出ますよ」

奥さん「そうですね。ありがとうございます」
あたし「いいえ。頑張ってください」
奥さん「はい。では、失礼しまーす」
あたし「では」

奥さんは週末に退院なされましたが、これからがあの奥さんの「本当の正念場」です。自分が諦めたらそれで終わりです。諦めないことが一番大事です。近頃では、インターフェロンの治療確率もずいぶんと高くなっています。

これからもいろんな薬が開発されるんでしょう。医学の進歩ってすごいものがありますもの。

ウィルス「ま、それまでよろしゅうに」
あたし「あーん、お前なんか嫌いじゃー」
ウィルス「そう邪険にせんでも」
あたし「おー、いやじゃ、いやじゃ」
ウィルス「え、へへ」

わが家にて

長いあいだ入院してましたから、季節が変わってしまいましたわ。治ればいいのでしょうが。治らないのに退院というのも、つらいもんがあります。しかたがないです、三回目のインターフェロンも無駄にしてしまいました。

いつまでも、くよくよしてもしかたがない。いっぱい食べて、おさんぽして、一日も早く入院生活から脱皮せにゃあなりません。体力をつけにゃあ会社に行っても仕事にならんでしょう。仕事といっても一日中、机にかじりついてパソコンとにらめっこですが。まず朝の電車があります。これはかなりの体力を使います。それから椅子にじっと座っとくのもしんどいものです。何せ病院では一日中ベッドの上でゴロゴロしとるでしょう。あっちこっちの筋肉が落ちてます。

地球には重力というものがあります。頭を背骨のてっぺんに載せとくだけでも、重力と喧嘩(けんか)してはります。人間の体は横着(おうちゃく)にできとります。すぐに怠けよる。入院しとって一番に弱るのは足の筋肉。二番目は腹筋、背筋。腕の筋肉もそうでしょう。ぜーんぶ怠けます。ついでに頭もあんまり使いませんから、これも怠けます。

あたしゃぁ、あんまり使いませんから、頭は始終怠けてます。しかし胃袋は丈夫にできてます。自分で、ほれぼれします。インターフェロンを注射されるとほとんどの人が、食欲がなくなります。あたしの腹は、三度、三度の食事時間になると減るのです。

でも、何を食うてもおいしくはなかったですね。副作用の発熱で舌の上は真っ白です。これじゃあ味はわからんわ。食べることは食べる、普通の量を普通に食べておったのですが、やっぱり病院のベッドの上でゴロゴロしてたら、筋肉が落ちてきます。体重は減る一方です。でも、家に帰るとすぐに体重はもとに戻りますね。ご馳走を食っとるわけじゃあありません。酒も飲みません。タバコも吸いません。食うだけが楽しみですが、お金がない。うまいことできとりますな。フランス料理のフルコースなんか食べたことがない。お寿司屋さんで、にぎり寿司を食べられるほどの稼ぎはない。家庭料理が一番ですわ。

わが家の夕食は、だいたい七時から始まります。家族全員で席に着いてから、合掌して「いただきまーす」で、始めます。

行儀は、お世辞にも上品とはいえません。ぺちゃくちゃ、ぺちゃくちゃ、おしゃべりしながらいただいています。食事が始まると、きまって「グチュグチュ、ギャーギャー」鳴きまくるインコもいます。

ちょっと行儀は悪いのではありますが、テレビは点いています。すると、ゴダイゴの「ガンダーラ」という曲が流れてくるではありませんか。

♪……　ガンダーラ　ガンダーラ　愛の国　ガンダーラ　……♪

懐かしいなー、と思いながら聴いておりましたら長男のとしまさが、

としまさ「おやじ、この曲を聞いたあと『インドの首都はどこでしょう?』というクイズを出すとね。だいたいはガンダーラと答えるのよねー」

あたし「がはははは。ガンダーラって、いかにもインドの首都にふさわしい響きに聞こえるものなー。あーはっはー」

あたしゃあ腹を抱えて笑っていました。

としまさ「ところでおやじ。インドの首都ってどこでしょう?」

ドキッ。

あたし「えーとー、ダッカかなっ?」

かあちゃん「そりゃあ、隣の国」

あたし「そーか、スリランカかー、昔のセイロンじゃね」

かあちゃん「あんた、そりゃ、バングラディッシュ」

……。全然わかりません。

あたし「シーン」

黙りこくって、急いでご飯を詰めこんで黙ってお茶を飲んでいましたら、みんなも終わって「ごちそうさま」

後片付けが終わってから、かあちゃんが次男のりょうごに叫んでます。

かあちゃん「あんたの教科書、そうそう地理の本。持ってきて」

りょうご「はい。かあさん、これ」

かあちゃん「ふーん、おかあさんが中学の時に使った教科書とは、かなり違うねー」

そしたら、テーブルを囲んで世界の国の首都当てクイズを始めます。

としまさ「トルコの首都は、どこでしょう?」

あたし「……??」

すると長女のめぐみが、

めぐみ「アンカラよ!」

全員「ピンポーン」

あたしゃぁ、ちょっと遅れて「ピンポーン」

めぐみ「えー、おとうさん、知らなかったでしょう」

あたし「し、知っとるよ」

ウィルス「イスタンブールと思っとったくせに！」

そろそろ退散した方がいいみたいです。

あたし「風呂に入るかね。りょうご、お風呂沸いとる？」

りょうご「うん」

退散、退散。

ブク、ブク、ブク。バッシャー。今日もいい湯です。

あたしゃあ風呂からあがる前には、いつも十ほど数えてあがります。すると、今日は風呂の湯気の関係でしょうか、いつもと違って聞こえます。

「イーチ、ニーイ、サーン、シー、ゴー
ローク、ムーチ、バーカ、キュウ、ジュウ」

エーエ、どうせ、あたしゃー、無知（ムチ）で馬鹿（バカ）ですよーだ。

また入院、そしてがんの告知

あれま、また入院です。おっかしいな。毎朝ちゃんと真面目に注射をして出社していますよ。退院の日に大学病院の小西先生から「毎日注射をするように」と、言われています。大学病院で注射をしてもらおうかと思ったのですが、大学病院は患者さんも多くて時間がかかります。毎日、大学病院を行っていたら毎日、遅刻です。首になっちゃいます。そこで大学病院の近くにある病院を紹介してもらって、そこで注射をしてもらっていたのです。それも、でっかい注射器が一回に、二本もです。たまに血管から注射液が漏れると痛い痛い。両腕には青々とした痣（あざ）ができちゃった。

おっと、お世話になっとって泣き言はいかんですね。今度はそこの病院の山岡先生が「入院しましょう」と、言ってこられたのです。

あたし「なんかなー」

ウィルス「なんかあるのかね？」

山岡先生「西村さん。肝臓の数値がここ最近悪いのよ。ちょっと、うちの病院に入院しません？」
あたし「はい？」
山岡先生「もうすぐ五月の連休でしょう。休暇も取りやすいと思うんですよ。肝臓を休ませてあげましょう。ちょっと検査もしてみたいこともありますし」
ウィルス「あーあ、ＧＷがパアじゃ」
あたし「そうですか？　ま、いいですよ」
山岡先生「いいですか。ちょっと待ってね。今、ベッドの空きを調べますから」
ウィルス「おーほほ、ほんまに入院だ！」
この肝臓は、そんなに悪いのでしょうか。毎日でっかい注射して、薬を飲んで、それでこのざまですから。いいはずはありませんね。
山岡先生「空いてますね。明日からでもいいですよ」
あたし「明日は忙しいです。会社にも連絡しなければいけませんし、家族にも話さないといけません。明後日じゃあ、いかんですか」
山岡先生「いいですよ。では、明後日ということで。十時までには入院してください」
あたし「では、そのころに来ます」
そんなに長くなる入院でもなかろうと、勝手に判断して、当日はあんまり荷物も持って行きませんでした。病室もよく知ってます。ここの病院の看護婦さんには毎日お世話になっています。

ウィルス「なんの、お世話？」

あたし「あのなぁ、注射ですよ！　注射」

改めて、挨拶をする必要もありません。勝手に入って行くと婦長の熊中さんが声をかけてきました。鼻歌まじりで、気楽なもんです。

婦長「少ない荷物ですねー」

あたし「あっ、婦長さん。今日からお願いします」

婦長「はいよ。明日はレントゲンと胃カメラね。今晩の九時から食べたり、飲んだりしないでね。お願いします」

あたし「もう今晩から絶食ですか？」

婦長「検査の予約は、もう取ってあります。じゃあ」

とんでもないことになったものです。胃カメラは、飲んだことありますので、そう恐れることはないのですが、えらく急です。

ウィルス「段取りがエエじゃぁない……？」

あたし「よすぎるわ」

ウィルス「なんかあるのかな」
朝になったら一番に胃カメラですわ。ベッドにころがされて、
山岡先生「あーんして。これ、マウスピース噛んで。はい、入りますよー、ゴックンしてください」
あたし「ゴックン」
山岡先生「はい、入りましたよー。ちょっと我慢してねー。うーん」
ウィルス「ウエッ、苦しいな」
胃カメラは初めが苦しいだけです。食道をすぎてカメラが胃の中に入ったら、あんまり苦しくないのですが、食道の辺りでカメラが止まってます。なんか、いっぱい写真を撮っとる。
あたし「オエッ」
山岡先生「ちょっと苦しいですねー。もうちょっと我慢してねー。うーん」
苦しいな。まだかな。この前、飲んだ時よりはるかに長いし。胃じゃあないよ、こりゃあ。
山岡先生「もう止めますよー。はい、抜きますよー」
あたし「フーッ、苦しかった」
ウィルス「血が出とるでー」
山岡先生「そこで口を濯（ゆす）いだら、こっちへ来てください」

あたし「なんですか？　先生」
山岡先生「今、手紙を書きますから、それを持って、明日、大学病院の先生に渡しに行ってください。話はしておきますから」
あたし「な、何かあったの？　えらく急ですね」
山岡先生「うーん。食道静脈瘤（しょくどうじょうみゃくりゅう）があります。すぐに潰（つぶ）さないといけません。大学病院で処置してもらいましょう」
あたし「あのー、大丈夫ですかね？」
山岡先生「やばかった。静脈瘤が破裂（はれつ）したら、へたしたら死ぬからなー。まあ大事にいたらなくてよかったですね」
ウィルス「こりゃ、こりゃ！」
食道静脈瘤が破裂したら血が吹き出ます。大量吐血というやつですね。肝硬変を患っている人は、たいがいこれで死んじゃいます。とうとうここまできてたか、あたしの肝臓さん。
あたし「はい。じゃあ明日大学病院へ行ってきます」
大学病院の小西先生はなんて顔するやろ。気が重い。あれこれ考えて大学病院に行ったら、おるわいな。いつもの顔ですわ。もう十年も同じ顔を見とります。
小西先生「西村さん。大変なおみやげを持ってきてくれたねー。ベッドが空き次第、大学病院へ移ってください。連絡は、あそこの病院でいいですね」
あたし「はい、じゃあ連絡待ってます」
小西先生も、さすがにガックリきてました。今度は診察室を出て、病院の公衆電話からわが家に電話です。
あたし「いやじゃなぁ」
ウィルス「でもしょうがない」
プルルルッ、プルルルッ。
かあちゃん「はい、西村です」
あたし「もしもし、わしじゃ」
かあちゃん「何よ」
あたし「今度、大学病院に転院することになったから」
かあちゃん「はあっ。またかぃ、ずーっと大学病院に入院しとったら」
あたし「やっぱり、言うか」
かあちゃん「で、いつ移るの?」
あたし「まだ決まってないけど近いうち。ベッドが空き次第」
かあちゃん「わかった。近いから一人で大丈夫よね」

あたし「そうじゃね。じゃ！」

　ガチャ。

　それから、五日後に大学病院から連絡があって、すぐに転院です。ここの病院は一週間でお別れです。

　はてさて、大学病院も勝手知ったる別荘です。今度の若い先生はどんな人でしょう。また、新人の若い先生があたしの担当医になるのです。不安と期待が入り交じります。

　病室に入って、自分のベッドで荷物整理をしていましたら担当の若い先生が入ってきました。

あたし「この人かい？」

ウィルス「まあ、デッカイ！」

　これがまた大きい。大下先生もでかかったが、まだでかい。名前は川口先生じゃと。大学病院の医者の中で一番背が高いそうですわ。

川口先生「川口です。よろしくお願いします」

あたし「こちらこそ、よろしくお願いします」

川口先生「もう、大学病院のことは、よくわかっていらっしゃいますよね。では今、わかる範囲で予定をお話しします。明日は、レントゲンと血液検査と尿検査と便を検査します。その次の日はＣＴで、その次の日はＭＲＩです。そして週明けの月曜日に、肝臓の血管造影をします。

カテーテルの拒絶反応と、造影剤を使っても大丈夫かどうかの、テストをします。今からします。皮下注射ですので腕をまくってください」

異様に速い！　一気に来たものです。普通はこんなに急いで検査なんかしません。それにカテーテルとは。これは、検査というより治療です。やれやれ、恐れていたことが頭をよぎります。

あたし「先生。えらく急ですが、どうかしましたか？」

川口先生「病棟医長の南本先生の指示で動いてますのでよくわかりません。……が、西村さんが入院される前には、もう予約が入っていました。南本先生が予約を入れていたのでしょう」

南本先生も肝臓の専門です。小西先生がNo1で、南本先生No2ですわ。あたしも昔っからよく知ってる先生です。

あたし「そうですか？　ではよろしくお願いします。そうそう食道静脈瘤は、検査の後ということですね」

川口先生「そうですね。送られてきた、食道静脈瘤の写真を見ましたが、今日明日で破裂することはないでしょう。それに、ここは病院ですからね、破裂しても大丈夫ですよ」

ウィルス「なんか、食道静脈瘤より重大なことがあるみたい」

川口先生「それから、ご家族の方と一緒に血管造影の説明をしますから、ご家族の方の、都合のよい日を教えてください」

あたし「はい、妻と相談しましょう」

その三日後に、かあちゃんとあたしで説明を受けました。まず血管造影のこと。それから食道静脈瘤のこと。食道静脈瘤は治療しても、肝硬変である以上必ず再発するとか、さんざんに脅されましたわ。でも、かあちゃんはひとごとのような顔してなさる。少しはショックかもしれませんが、かあちゃんがくよくよしても仕方ありませんものね。

でもなぁ、これだけでは終わるはずはないような気がする。医者はまだ隠しとる。もっと大変なことが待ってるような気がしてならんのです。

いよいよ血管造影の日がやってきました。前日に「〇〇玉」の毛まで剃られて涼しいもんです。血管造影は足の付け根の太い血管からカテーテルを入れるため、腰から両膝まで体毛を剃ります。

若い看護婦さんに剃られたので恥ずかしいのなんのって。それからオチンチンに、お小水を取る管を突っ込まれて、

あたし「こんな太いの入るのかい?」

看護婦「ちょっと痛いかな?」

あたし「ギャアーー」

痛い痛い。無茶しよるで。ちぢこまってもた。

ウィルス「失礼！　しました」

血管造影自体は、ぜんぜん痛くありません。ただ造影剤が入ると熱い液体が体に入ったという感じがします。それぐらいでした。

しかし後が大変。足の付け根の太い血管は動脈の方です。このままだと血が吹き出しますので、しっかり縛られ二十四時間は絶対安静です。足はもちろんのこと、体も動かせません。寝返りなんてもってのほか。まあ腰の痛いこと痛いこと。まったく身動きができません。

ウィルス「大変じゃ」

あたし「あーしんど」

これを、何回言いましたか。やっと、次の日の朝になって、しばらくしたら安静解除。

ウィルス「やれやれ」

やっと腰が伸ばせます。自分の足でベッドの側に立ったとたんです。川口先生がすまなそうにやってきました。

川口先生「お疲れさま。あのー来週、肝生検をします」

あたし「肝生検ですか?」

川口先生「ええ、南本先生が『直接肝細胞を採って、検査する！』って、言われるものですから。血管造影では、よく判らなかったんです。あのー、ご家族の説明は、どうしましょう」
あたし「あれは大丈夫ですよ。肝生検は初めてでもないし」
これだけの検査です。誰でも感づきますよ。一番思いたくない病名ですがね。
肝生検は、体の外から針を刺して、直接肝臓の細胞組織を採取します。皮下麻酔ぐらいはしてくれますので、思ったほど痛くはありません。三日後には、肝細胞の検査結果がでます。
待つ身は、つらいですね。良性であってほしい。間違えであってほしい。でも悪性じゃろうなぁ。
三日後のお昼頃、川口先生が呼びに来ましたよ。
川口先生「西村さん。ちょっとお越し願えませんか」
あたし「はいはい。結果が出たのですね」
覚悟はできていたのですが、やっぱり笑い顔になりません。
川口先生「南本先生が待ってます」
前回、家族説明の時に連れて行かれた部屋に通されました。
あたし「失礼します」
南本先生「西村さん。まあ、どうぞおかけください」
あたし「先生、結果が出ましたか?」

南本先生「結果ですが、肝臓の細胞によくない細胞があるのです」
あたし「よくないということは、どういうことですか？」
南本先生「悪い細胞がある。ということです」
あたし「そりゃあ『がん』と、いうことですね」
南本先生「そう『ハッキリ』言われると、こっちも戸惑いますが、そうですね『がん』です。『肝細胞腫瘍』です」

現実とはつらいものです。一瞬にして頭の中がパニックです。

あたし「治療は、できるんですよね？」
南本先生「もちろんですよ、まだ小さい。外科で切り取ってもらうのが一番確実とは思いますが、内科的治療も、選択肢としてあります。たとえば『抗がん剤』『体の外から針を刺して肝臓のがん細胞を焼く』『体の外から注射で薬を入れてがんを壊死させる』とかあるのです。西村さんが納得のいく方法で治療します。ちょっと、考えてください」
あたし「わたしゃあ素人です。先生はプロです。先生が『一番いい』と、思う治療方法でお願いします」
南本先生「そうですか！　そうですね。うーん」
ウィルス「あはは、悩んどるでー」

あたし「あのなー」
南本先生「よし『体の外から針を刺して肝臓のがんを焼く』この方法でいきましょう。よっし、この方法でいきます。ちょっと痛いですが外科で切るよりは、ダメージが少ないですから……。ちょっと急ですが明日します。川口、明日やるからな。予約入れとけ！」
川口先生「はい」
南本先生「私が治療をします。大丈夫ですよ。まだ、これで死人は出てないし。気をつけることは、出血だけです。血が止まらなかったら外科ね。でもそういう人は、一人もいなかったから大丈夫ですよ。十分ほどマイクロ波で焼くんですが、痛いです。はっきり言って『すごく痛い』この痛みを止めるのは、全身麻酔しかありませんが、たった十分のために全身麻酔はしません。我慢してください」
ウィルス「焼く？」
あたし「わかりました。が、そんなに痛いですか？」
南本先生「この治療を受けた人はみんな『痛い』って言いますから、痛いと思いますよ。あっそうそう、それから家族の人に電話しておいてください。明日『がん』を焼く治療をするって。えーと、それからこの承諾書にサインをお願いします。奥さんのサインも欲しいのですが。まあいいかー」

あたし「でも、先生。これが、がん告知ですか？　告知って本人に、こんなに簡単にするものですか？　普通は家族にして、それから準備期間を置いてするとか。これ、本人にすればショックですよ。ほんとに」

南本先生「私も人を見て言ってます。やみくもには、言いませんよ。あなたは大丈夫だと思ってます。では、頑張りましょう。『がん』の方が終わったら『食道静脈瘤』ですよ。これからが本番です。元気出してください。では、明日から始めますから」

あたし「はぁ」

じょ、冗談じゃあ、ありません。これが医者とあたしだけの、がん告知でした。慰めてくれる人なんか、だーれもいません。自分でしっかりと、この意味を受け止めなくてはなりません。しかし、かあちゃんになんて話せばいいのですか？　教えてください。今度は自分の、がんを自分で家族に報告するのです。まだ、自分でも信じられないくらいなのに。

部屋を出てから川口先生を捕まえて、ちょっと聞いてみました。

あたし「先生、ちょっとすいません。『がん』は前から、わかってましたね」

川口先生「そうですね。お手紙を書いてくださった山岡先生は、大学病院にほとんど毎日おいでになります。かなり前から南本先生と、話がついてたみたいです。それから黙ってましたが、血管造影の時に『抗がん剤』を肝臓に入れているんですよ」

あたし「はあ！」

しかし、抗がん剤まで使っていたとは……。「知らぬが仏」とはこのことです。こりゃあ、棺桶、持ってきた方が早いのと違うんかい。死神さまがそこまで来てなさる。

一生懸命、努力しても、どうしようもないことが人生にはあるのです。逃れられない苦しみ、これが現実です。この苦しみは、あたしだけが経験していることでしょうか。でも、何かあるはず。これだけではない、まだまだ続きます。

あたし「C型肝炎ウィルスさんよ。ひょっとしたらもうお別れかもしれん」

ウィルス「ばいばーい」

あたし「おい、おい」

レバー焼き

プルルルルッ、プルルルルッ。
かあちゃん「はい。西村です」
あたし「もしもし、わし。おとうさん」
かあちゃん「あ、何ごと?」
あたし「あのねー。今、先生から、『がん』って言われたのよ。『肝臓がん』だって。ほんでね。明日、がんを焼く治療をすんだって」
かあちゃん「何を、言っとるん?」
あたし「がんじゃあ、言っとるでしょう」
かあちゃん「ふんっ! 嘘じゃぁ」
　信じませんわ。がんという病名は本人には絶対に告知しない病名だと信じています。ぶつくさ、ブッブツ文句ばっかりじゃあ。あれこれ説明してやっと納得してくれました。
かあちゃん「わかったー。で、明日は、付き添いに行くの?」

あたし「来なくていい。明日はええが、今度の日曜日に、子供たちを連れて来てくれ」
かあちゃん「はあ?」
あたし「頼むわ。治療も終わっとるし……じゃあなっ」
ガチャッ。
あたしの父親も、がんで手術をしましたが、場所がよかった。転移の心配もまずないということで、医者からの説明でも「手術をしたら完全に治ります」と、言われたのですが、本人には決して言いません。本人には、別の病名で押し通しました。手術も無事に終わり、あとはもう傷が治るだけです。それからしばらくして退院間近という時に、看護婦さんから漏れ聞いたらしいのです。
看護婦さん「よかったですね。全部切り取ったからもう大丈夫よ」
おやじ「ありがとうございます。良性のポリープだって」
看護婦さん「いや。悪性じゃったけど、転移もなーんもなし。この種類のがんは完治するんですよ」
おやじ「うわっ」
ほんで心配なもんじゃから、医者のところに駆け込んで、根掘り葉掘り聞いたんですと。
執刀医「このがんは場所がよかった。転移もないから九八%は大丈夫。まあ、同じところが、もう二度とがんになることは絶対にありません。完治したということです」
と、親切に説明してくださったらしいのですが。なんとも、この小心者の親父はその晩に高熱を出して、ひっくり返ってしまったそうです。次の日に子供たちを連れて見舞いに行くと看護婦さんが情けなさそうに言うんです。

看護婦さん「おじいちゃんを元気づけてください。昨日、がんと知ったら熱を出されまして」

あたし「うそ……」

看護婦さん「大丈夫ですって、先生も言ってくれたんですがね。でも、からっきし元気がなくなっちゃって」

あたし「ばれたらしょうがないが。わしも大学病院の先生に聞いたのじゃあ『まず九〇％以上は大丈夫』だって。じゃから心配せんでも」

看護婦さん「おじいちゃん。もうすぐ退院よね」

あたし「元気出して」

やっぱり親父にとっては人生の大惨事。大変なことだったのでしょう。退院してからもからっきし元気がなくなりました。がんの手術から、五年後に親父は死にましたが、がんではありませんでした。心筋梗塞（しんきんこうそく）で突然です。医者が来た時は、もう心臓は止まってたそうです。

そんなこともあって、かあちゃんは医者が本人に直接、がんと言うはずがないと、信じています。かあちゃんは医者が大嫌いです。だから病院も大嫌い。あたしが入院しとっても病院にはめったに来ません。かあちゃんは家で子供を守っとる。所詮、病気は本人がすることで、誰が、何をやっても助けにゃぁなりません。自分の病気ですもの一人で戦うのよ。当然、洗濯は病院の洗濯機で自分でします。かあちゃんなんか、あてにしちゃぁあいかん。甘えちゃぁあいかん。でも、だいたいのことは自分一人でできるんですね。ちょっと大変なのは絶対安静って時です。起き上がることもできません。一人じゃ水も飲めません。ちょいと工夫して、ベッドの手すりに長いホースを付けて、その先をペットボトルに差し込むのです。それを見つけて、看護婦の、のんちゃんが変な顔、するんです。

のんちゃん「こりゃぁ、何?」

あたし「あほっ、小水じゃない」

のんちゃん「何?」

あたし「お茶よ、お茶」

オチンチンに管をさし込まれて、小水を貯める袋がぶら下がってはいます。同じような色ですが、お茶の入ったペットボトルが近くに置いてある。ま、だいたいの想像はつきますな。

本を枕もとに置いて、ヘッドホンを置いて、ティッシュを飯台の上に置いて。お、それからくず入れをベッドの脇に置いて。もうないか。

ウィルス「ははは っ、準備万端じゃね」

いよいよ、お待ちかねの治療の開始じゃあ。おお、五人の先生が病室に入ってきましたぞ。

南本先生「やあ、西村さん、始めますよ」

いきなり、新しい針を取り出して準備を始めます。

ウィルス「しかし、これが針かい？」

この針が太くて、やたら長い。大袈裟(おおげさ)ではありません。デッカイ、太い、両手で針だけを持ってるわ。太さは五寸釘を優に超えます。この五寸釘を、がんの位置まで刺し込んで、その針の穴の空洞に針金を入れてマイクロ波を流すと、針金が発熱して細胞が焼ける仕組みらしい。早い話がレバーの串焼きです。それも、生身の肝臓にです。痛み止めの注射なんか内臓には効きはしません。

確かに、お腹の表面だけは麻酔が効くらしいです。でも焼くのは体の中の肝臓ですから、なんの痛み止めにも、気休めにもならんです。生身の体の肝臓に、真っ赤に焼けた、焼き串を突っ込むようなもんです。

肝臓を焼く時間は、十分ぐらいですって。がんのまわりを十円玉ぐらいの大きさに焼くそうな。

南本先生「がん細胞自体は小さいのじゃけれど。そんなに心配せんでもエエ。じゃが周りの細胞まで大きく焼かんとなぁ。再発が怖いじゃろぅ」
あたし「はよう、やって」
南本先生「よっしゃあ行くでー。動くなよ。動くな」
あたし「うんっ」
南本先生「声を出すな。出したらいかん。目をつぶっとけ」
あたし「嫌じゃ。見るぞっ」
南本先生「まあ、好きにしなされ」
いよいよ始まりました。ブスリと五寸釘が突き立つ音がする。ズブズブーズブッ、腹膜と肝臓の外壁を突き破る時は、かなりの抵抗がある。あんまり気持ちのエエもんじゃあないわな。ま、痛いが、我慢できんこともない。
カチンッ、ブーン！
機械のスイッチが入って、一、二分は我慢できましたが、それからが熱い！　熱い、痛い！　無茶ですがな。針金の先端は何百度という熱さです。そんなもん生身の肝臓に突き立てて、針が焼き付いたら体から抜けんようになる。焼き付かんように八の字を書くように、グリグリ回しよる。それも、針が熱いから言うてグリグリする医者は交代しながらじゃ。グリグリッ麻酔なし。想像がつきますかいな。こんなもん。

あたし「うっううっ」

南本先生「声を出すなぁ。動くなぁ」

出しゃあせんて。そりゃあ無理ですわ。でっかい針が深々とお腹に突き立ってます。声なんか出ない出ない。また、これがよーく見えるんです。無惨な光景です。これが自分のお腹です。むごいお腹じゃあ。あれ？　クンクンッなんか臭い。

ウィルス「あん、煙じゃあなかろうか」

太い針と針金の隙間から確かに煙が出ております。それがなんと焼肉屋さんの匂いなんです。牛や豚や鳥のレバーを焼いた時の臭いと一緒です。べつに不思議なことじゃあない。人間も動物じゃからね。

しかし、ちょっと待てい。いくらむごいことをしよる言うても、なんぼ、牛や豚じゃあ言うても、生きながら焼くことはせんでしょう。

あたしゃあ、生身の人間ぞ。それも、か弱い病人です。熱いわいの。痛いわいの。それを麻酔なしでしよる。これが最新の治療っていうから不思議でならんです。どう考えても、野蛮じゃあぁぁ。

チン！

電子レンジじゃない、ちゅうとるでしょうが。

きっちり十分です。レバーの生き焼きのでき上がりです。まだ、煙が病室に充満しとります。
南本先生「おい、終わったぞ。今度は抜くからなー」
見習看護婦「オゥェッ」
ありゃあ、見学の看護婦さんが吐いとるわい。
ウィルス「ゲロゲロッ」
南本先生「今度は、気絶するぐらい、痛いぞ！」
今度は、針を抜く作業です。そのまま抜いたのでは肝臓に大穴が開いてますから出血してしまいます。火ぶくれを作って大穴を潰します。わざと針の温度を最高にしてから。そして、ジリジリッ、ブスブスいわせながら、ゆっくりと抜いていきます。
南本先生「動くなよ。動くなよ」
ウィルス「熱いじゃあぁ」
あたし「ギャイー」
ウィルス「熱い！」
あたし「グッアアアー」
こりゃあ頭でもぶっ叩かれて気絶したほうがましです。しかし、意識はしっかり冴えわたりじゃ。気絶もできん。しっかり見たぞ。無茶苦茶しよる。ばかたれ、こんなもん、我慢せいと言う方がどうかしとります。

あーあ、今度は、見学の看護婦さんが、ぶっ倒れたわ。

ウィルス「ボテ！」

今日は見習看護婦さんがぞろぞろいらっしゃったが、しばらく焼き肉を食うことはないでしょう。

南本先生「動いたらいかんよ！」

あたし「動けるかい」

これで動けるやつなんか、一人もいません。このまま絶対安静です。

肝臓のお仲間で背中に入れ墨をした、威勢のいいおにいさんが隣の病室にいます。そのおにいさんも同じことをされたそうで、あたしを威(おど)すんです。

おにいさん「わしゃあ、めったなことじゃあ声も上げたこともない」

ドスで刺されること数回の猛者(もさ)ですわ。筋金入りのおにいさんです。なんとかいう組の幹部らしい。

おにいさん「じゃが、これはいかん。思わず声が出た。こんなに痛かったのは生まれて初めてじゃあ」

あたし「何、言っちょる。意気地なしが」

おにいさん「うそじゃあない。たいがいは、我慢できるが声が出た。恥ずかしいことをした」
あたし「ふーん。今度、わしもそれするんよ」
おにいさん「そうか、気の毒になぁあ、痛いぞ」
あたし「ふーん、そっか」
　あたしゃ、こんなことされるとは知りませんでしたから、その時は、強い、強い。
ウィルス「ぎゃふん！」
　今は違うぞ、痛かったわい。とてつもなく痛い。ほんと、痛いとか痛くないとか、自分の物差しで考えたらいかん。世の中にゃあ、とてつもないことが、あるもんじゃぁね。
　おにいさん、すまんです。痛いなぁ、痛い。あんたの言うことに間違いはなかった。時間が経つと、痛みが疼きに変わる。疼いて疼いて、その夜は一睡もできなんだ。
　やっとで長い夜も終わり痛みも少し和らいできて点滴も外れて、ほっと一安心。
ウィルス「川口先生がやってきたよ」
川口先生「お疲れさん」
あたし「しかし疲れたなぁ」
　何を言い出すやら、と思ったら、
川口先生「すんません」

あたし「はぁぁ」
川口先生「もう一回、焼きます」
あたし「なぁにー」
ウィルス「あほ、ぬかせ。ギョエー」
ガックリ、それも一週間後ですと。まあ、入院しとるから医者の言いなりですが、それにしても、きびしい予定です。ほんま体力勝負じゃ格闘技じゃゃわ。でも、その前にまだ宿題があるのです。子供たちみんなに話をしなければなりません。
でもなぁ「おとうさんなっ、肝臓がんですよ」って、どうやって話し始めるんですか。黙っていられればいいのでしょうが。これも、自分に与えられた仕事でしょう。高校生と中学生が二人です。ずいぶんと悲しませてしまうことになるのです。しょうがない。しょうがない。しょうがない、ものは、しょうがない。
あれこれ考えているうちに日曜日が、来ちゃいましたわ。
かあちゃん「おい、来たわ」
いきなりドアがあいて、みんなが入ってきました。
あたし「いらっしゃーい」
めぐみ「おとうさん。がん焼いたって、大丈夫ー?」

あたし「何、たいしたことない」
かあちゃん「そうよね。あんた、いつも大げさじゃものな」
あたし「これが火傷の跡。これがＣＴ写真だって」
かあちゃん「ふーん。で、いつ頃まで入院するの？」
あたし「秋になるかも知れんなー」
　そろそろ、本題に入らなければいけません。
あたし「おとうさん、肝臓がんでしょう」
あたし「そこでね。子供たちの面倒を、いつまで見ていられるかが問題なんだけど」
みんな「……」
みんな「……」
あたし「まず、おとうさんをあてにしたらいけん。自分たち一人一人が独立することを考えてほしい。おとうさんが生きているうちに、独り立ちすることができる方法を本気で考えなさい。こんなことを突然言われても、ピンとこないかもしれないけれど考え始めなければならないの。
　今まで、おとうさんがいることが『あたりまえ』と思っているよね。でも、これからは、おとうさんはいずれいなくなることが『あたりまえ』と思えるようになってほしい。でも、おとうさんは、がんで人生ここで終わりと、諦めているわけじゃないのよ。諦めることは絶対にしない。治療してできるだけの努力は一生懸命する。でも、おとうさんにも、お医者さんにも『どうしようもないこと』もあるの。その時にお前たちはあわてないでほしい。

独り立ちできてる子と、まだできてない子がいると思う。その時はみんなで助け合ってください。力いっぱい生きてくださらい。今、この時にできることを精一杯しなさい。自分の将来のことを一番に考えながらね。まあ、こんなこと急に言われても、どうしらいいのかわからないと思う。でもね、人はいつかは死ぬの。お父さんはちょっと早いだけ。いつ来るかわからないけれどね。その時が来てもあわてないように、前もって心の準備をしておいてほしかったわけ」

みんな「……」

かあちゃん「ま、すぐ死ぬわけじゃないし」

あたし「めぐみ泣くな。みんなも、めそめそするな。しょうがないこともあるのよ」

めぐみ「ん」

かあちゃん「うーん……帰るわ。なんかおいしいものでも食べに行こうかなぁ」

あたし「うん。それがいいわ」

めぐみ「じゃあね。バイバイ」

あたし「じゃあ、バイバイ」

隠してもしょうがないもの。子供たちだけには、いやなことや辛いことや悲しいことは、できるだけ隠しておこうと思うのが親心でしょう。
あたしゃ、自分の状況を全部見せました。お腹もめくって見せました。肝臓のCT写真を借りて見せました。人が死ぬということを、身をもって示しました。死という暗闇は決して隠してはいけないことなのです。今が絶好のチャンスと思って話しました。まさか他人様に、こんなこと頼めるわけもないですし。でもなあ考えてほしいのです。『親が子よりも先に死ぬこと。それは幸せなことではないでしょうか』
人間は生きているうちには、楽しいうれしいことばっかりじゃあない。辛いこと苦しいこと悲しいことも一杯あるんです。それを隠したらいかん。でも、さらけ出す側にも、勇気がいるのです。

ウィルス「うーむ」

めそめそしてても始まりません。こっちは二度目の「レバー焼き」、そして「食道静脈瘤」の治療が待ってます。今は自分のことを考えるのです。精一杯がんばらにゃあいかん。負けられましょうや、このぐらい。まだまだ、戦ってやる。
看護婦さん方にも、あたしのハードな状況が伝わっているらしいです。廊下ですれ違うたびに元気づけてくださる。

副婦長「私、この病院も長いけど、今までこんなハードな治療は見たことない。普通は、血管造影だけで入院するというのに、いっぺんに、三つもはせんよ。患者さんの体力がもたんもの」
あたし「そうかぁ、もっとるよ」
副婦長「あんた、化け物じゃね」
と、副婦長はいつも、ウサギの目みたいに目が真っ赤になります。
あたし「ははは。化け物はなかろうぜ」
あたしゃ、化け物かいな。
あたし「でも、ありがとう」
それからすぐに二回目のレバー焼きをしたんです。十日後でした。今度は十二分間は焼かれました。やっぱり痛かったです。
この前よりも、もっと痛かった。かなり大きく焼いたらしいのです。そして、次の週には「食道静脈瘤」の治療。これも痛かったです。口からぶっといカメラ飲まされてなあ。胃カメラより、もっと太いです。それを口と胃の途中です。胃の入口あたりに止めて、そして食道の静脈瘤に注射をしよる。まあ何本も何本もです。
あたし「ウグッグッ」
ウィルス「痛ぁい、痛ぁい」
皆さんも魚の骨を喉にひっかけた経験があろうかと思いますが、そんなもんじゃぁあない。何せ注射液の中身は「薄めた硫酸」みたいな物です。喉の内側に火傷をわざとこしらるのです。火傷が治る時って、皮膚が引きつるでしょう。その引きつりで静脈瘤を押さえ込むのです。痛い痛い、喉が焼けるのですから。でも、口は塞がってますから声はまったく出ません。それに、いっぱい注射をするわけですから、血止めをせにゃあなりません。手で押さえるわけにはいきません。なんせ喉の中ですもの。考えてますなあ、胃カメラの化け物には風船が付いているのです。喉の中で風船を膨らまして血止めをするのです。

苦しい、苦しいです。息もたえだえです。すぐに血が止まるわけないから三十分ぐらいはそのままですわ。治療の間、一時間は胃カメラの化け物を飲み込んでました。体力もなんも使い果たして。はい一回目の終わり。次の週にまたしよる。もう、好きにしてちょうだい。

二回目からは無茶苦茶で、腫れ上がった喉に胃カメラの化け物を無理やり入れる。カメラのモニターを見ながら医者どもは「おースゲー」と歓声です。「閉塞しとるね」ですと。喉が腫れて潰れてしまってます。

ウィルス「あたりまえじゃ」

こんなことを、毎週、毎週、四回もしましたわ。

血管造影で抗がん剤ぶちこまれて、レバーを焼かれて、喉を焼かれて、飯なんか喉が潰れて一粒も飲み込むこともできません。

それでも、毎日、検査、検査で、ゆっくりベッドにも寝かせてもらえません。こりゃあ「化け物じゃあ」と言われてもしかたない。忙しいし、痛いし、腹が減って目が回る。喉が潰れて飯が食えんけど腹は減る。腹は減るけど飯が食えん。飯を食っても喉から下に飲み込めん。喉につかえてそのまま吐く。餓鬼道に落っこちたみたいですわ。

唾も水も喉を通りゃあせんから点滴注射で水分と栄養の補給ですよ。やっとこさ、おかゆが食えるようになったら退院だって。

焼き肉なんぞ食べに行く暇なんかありませんわ。ほんと、忙しかった。でも、なんか充実してましたね。

そうそう、川口先生。あなたの注射はうまかったですよ。これはありがたかったです。ほとんど失敗はしなかった。一日に五回も血液検査の採血をしたこともありましたなぁ。これがへたな研修医でしたら目もあてられんところでしたわ。

ウィルス「お世話になりましたなぁ」

しかし、レバー焼きは、ほんとに痛かった。こんなことするぐらいなら「死んだほうがましじゃあ」と、本気で思いましたもの。

ウィルス「カチン、ブーン！　ギィエ！」

あたし「うわ。思い出したくもないわい」

ウィルス「そうとう、怯(おび)えてますな」
あたし「あのなあ」

がん再発、レバーの焼き直し、退院の翌日に再入院

まあ、痛い目にあったものです。これだけ痛い思いをさせられると、あんまり病院と名前のつく場所には足が向きません。それでも二週間に一回は、大学病院に行かなくてはなりません。それから、二カ月に一回はエコー検査。X線CTは半年毎に撮れって言うし、大学病院の常連です。もう、通い始めて十年にはなります。小西先生もあたしのことをずっと診てますから、次回の予定とか、カルテに書き込んでおいてくれるはずです。どうせ大学病院で検査するんだから、黙っていてもエエ具合にしてくれる。と、思ったら大間違いなんです。

小西先生「今日は、なんの検査するんじゃったかいのー」

ウィルス「へ！」

さっぱり忘れとる。

あたし「今日は血液検査。次はエコー検査じゃけん。次回は九時にゃあ来ます」

小西先生「そうじゃった。ほんなら今日は血液検査と注射してもらってなぁ」

もう、この先生とも十年来のつき合いです。いつものことです。

あたし「お世話になりました」

なんでも自分でする。処置室に伝票を持って行って、看護婦さんにお願いです。

あたし「これが検査の伝票で、これが注射の伝票」

慣れたもんです。採血の針はそのままにして肝臓の保護剤を注射してくださいって、お願いするんです。

あたし「注射針の穴は一個でねー」

だいたいは失敗して、いつも三、四つは開けられる。

ウィルス「へったくそな先生やな」

痛いです。もう、何年も注射しとるから血管はボロボロです。カチカチに硬くなってます。酷使しとるんですねえ、かわいそうになってくる。あたしの血管さん。

ウィルス「よー頑張っておいでじゃあ」

それからエコー検査の予約をして帰るわけですが、まあいつ来ても患者さんでいっぱいです。料金を払うだけでも一仕事です。料金計算所に伝票を出してから待つこと一時間。それから薬局に伝票を出して。薬をもらって帰ると、半日仕事です。

今度の予約は十二月の初めです。師走は特にあわただしいのです。大学病院はいつも以上に、ごった返してます。あたしゃ、一カ月に一回ですが、毎日となると大変です。なんとか、ならんものですかね。
十二月初めに行きましたら、待っとる、待っとる。No2の南本先生が、エコー検査室で座ってます。
あたし「こんにちは、南本先生でしたか、どうもお世話になります」
いつもは若い先生が担当してますが、さすがに忙しいのでしょう。南本先生も駆り出されたらしいのです。
南本先生「待ってましたよ、そこへ寝て」
相変わらず、ぶっきらぼうじゃあ。
あたし「先生お久しぶりです。あれからどうですかね？」
ズボンのベルトを外して、シャツを捲（たく）し上げて、手は器具の邪魔（じゃま）にならんように万歳（ばんざい）をします。それからタオルをお腹の下に敷いて、ゼリーがベッドを汚さんようにせにゃあなりません。
南本先生「ちょっと待ってねー、今、見てみるから。大きくお腹を膨らませてー。はい、吸って、はい、止めて」
あたし「うーん」
……。
南本先生「ちょっとー、あれっ？　こりゃあ横に向いて。うーん」

えらく長いですよー。一時間近くも見てます。どうしたのかな？

南本先生「もう、止めよう」

あたし「ふー、長かったですね」

なんか、一生懸命カルテに書き込んでます。

南本先生「西村さん。申しわけない、すぐ入院してくれる」

なんじゃいいな、まさか。

あたし「えっ、何？」

映像をプリントして、それを見ながら、淡々と言うのです。

南本先生「あるのよ。前回したところから、ちょっと外れたところに」

あたし「はーあ」

南本先生「もう一回焼こう」

あたし「がん、ですか」

退院してから、まだ、たったの二カ月じゃあ。

南本先生「焼こう！　今度はちょっと広めに焼こう。年内に入院してください。わたしが直接、西村さんのお宅へ電話します。二週間以内には電話します」

冗談じゃないわい。

あたし「はいっ？　焼かんと、いかんのでしょうね」
南本先生「何をいまさら。焼きます。頑張って」
　たった、二カ月です。肝細胞がんは、再発しやすいのですが、それにしても早い。
ウィルス「なんとも、かんとも。また、かいなー」
あたし「あーん、あんたのせいじゃ」
　今回は、さすがにガックリきました。前回のレバー焼きの痛みもやっと忘れてきました。体力も回復して、やっとで仕事にも慣れた矢先です。今度もまた、あのレバー焼きをするのです。何も知らずに入院する方が、まだ気が楽というものです。あの熱さ痛さは半端じゃあない。
　子供のためです。自分のためです。何回でもするんです。痛い治療も我慢せにゃあなりません。
あたし「あーぁ」
　あんまり、ガックリしとったんで、小橋先生が見るに見かねて声を掛けてこられた。あたしがこの病院に初めて入院した時の担当医でした。
小橋先生「西村さん。南本先生もやりたくはないのよ。好きでこんな痛い治療をさせるわけじゃあないの。西村さんのためじゃから言うのよ。こらえてなー」
　そんなこと、よーく、わかっちょる。わかっておるのです。

あたし「はあー」

あーあ情けない、こんな返事しかできん自分が、われながら情けない。死にたくはない。諦めるなんてもってのほかじゃぁもの。

よっしゃー、今回も頑張っていきますか！　と、気張ってはみるものの、逃げたいよー。ほんとに逃げたいと思いましたわ。

仏様っておるのかい。神様っておるのかい。まだ苦しめというのかい。なぁ試しとるのかい。つらいわ。怨みたくもなりまっせ。呪いたくもなりまっせ。あたしなんか悪いことしたのですか。そんなに罰あたりなことしたのですか。

落ち込んだです。とことん落ち込んだ。いっそ死んだら、楽になるんじゃあないかな。そんなことを思ったりもしました。

仕事には行ってましたから、職場じゃあ気がまぎらわせる。

入院して一人になったらまた考える。夜になっても寝ることができません。病棟の屋上に行ってみると高い金網が張ってある。その上に有刺鉄線までしてある。それでも、それを乗り越えて、何人か飛び降りたらしい。

さぞ、つらかったんでしょう。泣きたかったでしょう。恨んだことでしょう。疲れたのでしょう。かわいそうになあ。一人でしばらく立っておりました。

ウィルス「あーん、誰が」
あたし「なんじゃ、自分かー」
　周りを見回したら、あたし一人じゃ。だーれもおらん。一人で悲劇の主人公しよる。自分が諦めちょる。恨んじょる。泣いちょる。悲しんじょる。
ウィルス「哀れんで欲しいんかい。あん！」
　よりによって何を怨む。哀れんでもらって何になる。この大ばかものめが！　なんのことはない、あたしが一番弱かった。
ウィルス「あほじゃあ、なかろか」
　どうしようもないことがあります。逃げても始まりません。甘えてもなんにもなりません。優しい言葉をかけてもらおうなんて期待するほうがどうかしてます。自分の病気です。誰ものでもない。
ウィルス「あほか」
あたし「あ、あほでした」
　また、がんばるしかありませんわ。おお、明日はクリスマスです。今日はイブですから、子供たちはケーキでも食べとるでしょう。
　次の日、予定通りレバー焼きをされました。クリスマスです。巷(ちまた)の賑(にぎ)わいとは大分違いますが、腹の中は大賑(おおにぎ)わいです。

しかし、こんな日にレバー焼きの手伝いに来た看護婦さんは災難です。「オェッ」一人吐いた。せっかくの日に、ご馳走も食べる気がせんでしょう。

特に、鳥の丸焼きなんか消毒液を塗ったわしのお腹によーく似てます。茶色の皮も、おこげの臭いもそっくりです。

ウィルス「気の毒に」

しかし、痛い！　熱い！

やっぱり痛い、前回よりもはるかに痛い、生きとる証拠じゃ。絶対安静は六時間で解除なのですが、安静はしばらく続きますわ。ああ、絶対安静は、寝返りどころか足も動かせません。安静はベッドから降りちゃあいかんのです。まあ、痛くて歩けませんがね。レバーを気にせずにサッサと歩けるようになるには、一週間程度かかります。しかし痛い。今回のはスッゲー痛い、口もききたくないです。

でも恐ろしいことに、大学病院では毎年恒例のクリスマス会が開かれておるのです。これが子供だましの教授のサンタクロースがやってくるのです。

若い研修医や看護婦さんが着ぐるみをかぶったり、思い思いの扮装(ふんそう)をして、全部の病室に、プレゼントを持って回るのです。よりによってこんな日に。

ウィルス「あーあ、来るんじゃあない」

パチッと、部屋の電気が消えた。き、来た。

ウィルス「やって来たでー」

メリークリスマス！　教授の取り巻き連中が、盛大（せいだい）にハシャギ回ります。

そして、サンタクロースのお出ましです。

サンタ「メリークリスマス」

教授じゃあないですか。クリスマスプレゼントを一人一人の患者さんに配って回ってます。

握手までして患者さんを中央にして記念写真まで撮ってますぞー。

あ、あたしのベッドまで来ましたわい。な、なんと勝手にベッドを起こし始めるではありませんか。

あたし「い、痛い！」

と、大声で、叫びますと、
サンタ「あーごめん。安静中？」

サンタクロースさんが変な顔してます。

着ぐるみ「な、なんてことするんですか。ＰＭＣＴしたばかりです」

ウサギの姿をした看護婦さんが、とんでもない大声で叫んでます。

サンタ「PMCT？　そりゃあ、痛い。ごめん。ごめん」

サンタクロースは急いでベッドを戻してます。

PMCT、これがレバー焼きの医学用語です。まさか教授が、レバー焼きと言うはずがありません。南本先生はレバー焼きって言いますがね。

ありゃ、りゃ。サンタクロースはいつの間にか次の患者さんのところへ、行ってしまわれた。

あたし「ありがとう」

わかっているのです。病院の皆さんが、少しでも患者の気持ちを和らげようとして、一生懸命、気を遣ってくれているのはわかりますが、今日はタイミングが悪かったのです。あたしゃ、とっても痛い目にあわされているのです。サンタクロースさん。この次はきっと、にっこりしますね。

ウィルス「ごめんねー」

まあ、今回のレバー焼きは一度だけでした。なんとか我慢もできました。退院したのは一月も中頃になってからです。けっこう早い退院でしたね。でも、正月は病院で過ごしたのでつまりません。第一やね、入院患者もほとんどが一時帰宅ですよ。よっぽどの重病人か、食事療法しとる患者しかいません。ぽつり、ぽつりとしかベッドに残ってない。寂しいもんです。年賀の挨拶に病室に来るやつなんか一人もいませんし。

元旦の朝は雑煮でした。おいしかったです。でも、お昼からは病院のお決まりのメニューです。売店も休みですから、なんにも買えません。

ウィルス「正月の入院は、いつやっても、つまらんですなあ」

やっぱり家がエエですよ。みんながおるし。第一やね。好きなものが食える。安心もするし、子供がおると元気も出るってなもんです。正月も終わったけど帰りますか。

それでもまだお正月のしめ飾りとか、ぽつり、ぽつりと飾ってあります。どんど焼きはもう少し先です。

あたし「ただいま！」

いつものように、仕事帰りみたいなもんです。慣れちゃいました。久しぶりのわが家であります。なんか疲れがどっと出て、早めに寝ました。

そしたら、夜中の二時頃お腹が痛くて、目が覚めました。「あれ!!」お腹でも、ちょうど肝臓のあたりです。

あたし「おかしなこともある」

ウィルス「退院したばっかりなのに。なんで？」

あたし「うーん、イテッ」

痛い、お腹が痛い、肩も痛い。おかしい。痛い。痛い、だんだんひどくなる。

あたし「うーん、うーん」
かあちゃん「なんで？　どうした？」
あたし「お腹が、すごく痛い」
かあちゃん「なんで」
あたし「食あたりじゃあない」
かあちゃん「朝まで我慢できる？」
あたし「いや、これは、痛い。半端じゃない」

すごく痛いのです。我慢しきれないほど痛い。くの字になって苦しみます。嘔吐、発汗、右肩に抜けるような痛みです。みぞおちあたりの激痛です。これは、きっと胆石の発作でしょう。なぜ、そう判断したかというと、腹部エコー検査の時に山岡先生から「胆嚢（たんのう）に石がありますね。このまま、おとなしくしていればいいのですが」と言われているのです。

しかし痛い。これも洒落にならんぐらい痛い。

かあちゃん「救急車。呼ぼうか？」
あたし「大丈夫。朝まで我慢する」

あと五時間したら、山岡先生とこの病院の婦長さんが出勤するはずです。何かあったら、すぐ電話しなさいよ、と電話番号を教えてもらっています。なんとか我慢することにしましょう。

ウィルス「脂汗が、したたり落ちますな」
あたし「激痛！　激痛」
でも痛さは、レバー焼きの方が、もっと痛い。なあに、あれが耐えられたのじゃもの、このくらいは耐えることたぁできる。しかし「胆石」も痛い、長い長い五時間じゃあ。時計の針を睨んで耐える。時間がきた、やっと婦長の熊中さんが出勤する時間がきましたぞ。
あたし「電話して」
プルルルルッ、プルルルルッ。
婦長「はい」
かあちゃん「朝早くすいません。お世話になっております。西村の家内ですが、主人が急に苦しみ出しまして。すごく痛いみたいなんです。今からそちらにお伺いしても、よろしいでしょうか？」
婦長「どこが？」
かあちゃん「本人は『胆石の痛み』と、言ってますがー」
婦長「はあ、いいですよ。何分ぐらいで着きますか？」
かあちゃん「タクシーで、五十分ぐらいです」
婦長「はい。わかりました、先生に電話しておきます」

ガチャ。
かあちゃん「あんた、大丈夫かいな?」
あたし「うーん、大丈夫よ」
かあちゃん「タクシー、呼んだよ」
あたし「一人で行くわ」
すぐ、タクシーに乗り込んだのです。が、この痛いこと、痛いこと。バウンドや、カーブでうめき声があがります。
ウィルス、あたし「もうちょっと、やさしく急げ」
脂汗を流しながら、やっとで病院に着きました。
あたし「あー、西村です。うーん」
看護婦さん「あ、西村さん。大丈夫? すぐ先生を呼んできますから、このストレッチャーに乗ってください」
婦長「あ、すぐ超音波検査室に連れてって。先生が待ってます」
山岡先生「うーん。こりゃあ石が詰まって胆嚢が腫れてます。これは痛い」
あたし「痛い。ほんとに痛いです」
山岡先生「入院してくださいね。すぐ楽にしてあげますから」

あたし「はい」
山岡先生「そうそう、大学病院は、いつ退院なされました？」
あたし「昨日です」
山岡先生「はあっ、昨日ですか！　これぱっかりは、いつ発作がくるかわかりませんからね。災難でした」
あたし「はい」
　一日も持ちません。また入院です。夕方退院した翌日の朝一番に入院するとは、思ってもみませんでした。
ウィルス「あーはっは、また入院じゃ」
　麻酔薬と抗生物質を点滴で注射されると、だんだん楽になってきます。ただし、胆嚢の炎症が治まるまでは絶食です。なんにも食べたらいかんのです。またしばらく入院ですが、荷物を持ってきてません。パジャマをかあちゃんに持って来てもらわにゃあいけません。
　プルルルルップルルルルッ。
ウィルス「気が重いな、なんか文句を言われるもんね」
あたし「また、入院ですわ。荷物はまだ解いてないから、そのまま持ってきて」
かあちゃん「今からー、私がー」

あたし「なんか、用事があるのかい」
かあちゃん「なんにも、ないよ」
あたし「全部、洗濯してあるから、そのまま持って来てくれたらエエ」
かあちゃん「はいよー」
あたし「じゃー」
　ガチャ。
ウィルス「まあ、しょうがない」
　胆嚢（たんのう）の炎症が治まるまでの一週間は、完全に絶食です。それから食事の開始です。重湯からおかゆ。そして普通のご飯へと進みます。お腹は空きますが、我慢、我慢。
　ただ寝るだけの病院生活は単調でベッド上の時間がすごく長い。この時間を利用して、もっぱら読書をするのです。前は剣豪（けんごう）小説をよく読んでましたが、たいがいの本は読んでしまいました。近頃は仏教の経典をもっぱら読んでいます。『法華経（ほけきょう）』『華厳経（けごんぎょう）』とか、普段なかなか読めない経典を読んでみます。もちろん、現代語訳のついてるやつです。
ウィルス「うーむ」
　これが難しい。よくわかりません。
あたし「すっげー長い」

読めば読むほど深みにはまります。疑問は雲霞（うんか）のように涌（わ）いて来ます。何度読んでも、わかりません。まあ、暇つぶしみたいなもんです。

二十日ほどベッドで暮らして退院しました。二月初めの寒い朝です。

あたし「やれやれ、もうしばらく、入院はないでしょうな」

ウィルス「もうないよ」

あたし「帰るか」

ウィルス「はいよ！」

退院してその日にまた入院、そして手術

ガチャ！

あたし「ただいまー」

一人で入院して一人で退院です。リュックサックを背負って山登りのような格好をしてます。荷物は明日解くことにして寝転んでますと、早速かあちゃんが叫んでます。

かあちゃん「灯油がないのじゃが、買いに行ってくれ」

あたし「はいよ」

車も久しぶりに動かしてやりました。バッテリーが上がってしまったかと思ったのですが。

ウィルス「まあ、動くものですなあー」

ガソリンスタンドに行って、車にガソリンを入れて、それから灯油を二缶買いました。

あたし「よっこらしょ」

ウィルス「重いでー」

アパートの三階に住んでますから、階段を、よっこらしょ、よっこらしょ、上がってました

ら。また、ズキズキお腹が痛くなります。
あたし「あれ、腹が痛い」
かあちゃん「はー、腹が痛いって、どれくらい?」
あたし「だんだん、ひどくなるのよ。胆石かもしれん」
かあちゃん「なに言っとるん。さっき退院したばっかりよっ」
あたし「いや、痛い。こりゃあ、胆石、間違いない」
かあちゃん「どうする?」
あたし「さっきまで入院しとった病棟の看護婦詰所に電話して」
かあちゃん「えー」
あたし「早く」
かあちゃんは、いやいや電話します。
かあちゃん「もしもし、西村です。お世話になりました。あのー、また主人が『胆石が詰まった』って言うんです。はい、そうなんです」
振り向きざまに、
かあちゃん「すぐ来るか?　って」
あたし「行く」

かあちゃん「今から、すぐ行きます」

また、入院です。荷物はそのまま持って行きます。

ウィルス「そんなばかな！」

まだ二時間も家にいませんよ。またかいな。そんなばかなとしか思えません。

山岡先生「西村さん、胆石です。石が詰まってます」

先生は、エコーのモニター画面を見ながら、ため息です。

山岡先生「また、初めからやり直しです。こりゃあ退院にならんでしたな」

あたし「はー」

山岡先生「しかし、このままだと、またいつ発作を起こすかわかりませんね」

あたし「先生！　思い切って、切ってください」

山岡先生「切るんですかー」

先生は二の足を踏んでいます。そうなのです、肝臓が悪いと、なかなか手術はしません。まず肝硬変のため、胆嚢と肝臓が癒着（ゆちゃく）しています。剥（は）がすことが大変で、肝臓に少しでも傷をつけたら大出血します。手術中は全身麻酔をしますが、麻酔薬は肝臓にすこぶる悪い。呼吸制御を行なうため気管にチューブを入れますが、食道静脈瘤の注意が必要です。それでも一番恐れるのは出血です。血小板の減少で血がすごく止まりにくい。

止血時間は健康な人で四、五分ぐらいですが、あたしゃぁ、二十分経っても止まりません。いつも測定不能です。この検査をしたら、いつも止血剤のお世話です。
これだけ条件が揃えば、手術は誰だって躊躇します。大学病院も胆石があることは、エコー検査で知っています。
山岡先生「手術は避けたい。もしするとしても、よほど慎重にしないといけません」
と、言ってます。よっぽど危険なんでしょう。でも、入退院の繰り返しですもの。社会生活もなんにもできません。
危険なことは、よーくわかってます。その時ゃぁ、そうなってから、考えましょう。
切るでー、切る切る。こんな胆嚢、ほしくもない。
あたし「切りましょう。切ってください」
山岡先生「そうですか。では、切りましょう。大学病院で切ってもらいましょう」
退院して、その日のうちに同じ病院に再入院。今度は、このまま手術をするために大学病院の外科に転院の予定です。あほみたいな話です。こんなことって、あるんですね。
ウィルス「ない、ない」
猫菌「こんなこと、ないって！」
あたし「うわ、ばい菌が二匹も」

ここ最近、まともに飯も食べてません。はてさて、また絶食です。なーんも、することないから、またお経でも読みますか。

二週間ほど暇してましたら、大学病院から連絡がありました。今度は、大学病院へ行くのですが、歩いて二十分ぐらいでしょうか。大学病院までの道のりは近いのですが、また、着いてから散々にひやかされるでしょう。かんべんしてほしいわ。

検査やら前もってできることは、全部してきたから二日後には手術です。

まあ、しっかし脅(おど)された。外科の先生から麻酔科の先生から、そして内科の先生から散々に脅されまくりました。

ウィルス「ぼろぼろですわい」

散々脅しが終わったら、いよいよ手術です。普通は元気づけるとか、「大丈夫ですからね」って、言ってくれると思うのですけれどね。

手術室に入ってから、また脅された。大出血の可能性は五割以上ですって。だめ押しですね。そんなに脅さなくてもいいと思うのですが。

いよいよ、始まりました。口をマスクで覆われて、麻酔が嗅がされます。

麻酔科の先生「大きく息を吸い込んでください。西村さ……」

で、意識がなくなりました。

あたし「お！」

自分では、一瞬のように思えました。なんか遠くで、呼ぶ声がします。「西村さーん」って、誰か呼んでます。まだかいな、これからかいな、やっとで始まるのかなぁと思いまして。

あたし「あ、先生か。さて、頑張っていきますか」

外科の先生「西村さん、もう終わりました」

と、笑ってます。そういえば、手術室から出ています。手術は六時間かかったそうですが、本人はまったく覚えていません。

ウィルス「こりゃあ楽じゃあ」

あたし「あんまり、痛くない」

レバー焼きと比べたら、はるかに痛くない。

ウィルス「終わったのねー」

これで胆石の痛みとも永遠に、オサラバです。なんか実感がないけれど、お腹は縫ってありますね。次の日の朝には、おしっこの管も外れて歩いてトイレにも行けます。それからは、看護婦さんが「歩け、歩け」と、うるさいことうるさいこと。歩いた方が傷の回復が早いらしいのじゃが、やっぱり痛いです。あたしも、痛いお腹を手で押さえながら一生懸命歩きました。でも、外科の先生は廊下ですれ違って行くたんびに、腹を傷をめくって見てます。

やっぱり出血を心配してるんですね。

外科の先生「西村さん、肝臓が悪いのじゃけぇ、あんまり無理したらいかんよー」

あたし「ま、ぼちぼち」

外科の先生「ちょっと見せて、血は出てないな」

それにしても、ずいぶん慎重なメス捌(さば)きだったそうです。南本先生が手術に立ち会ってくれたそうで。

南本先生「よかったー。私も一目見て『こりゃあ出血しても、しょうがないな』と、思ったのよ。でも、出血はしなかった。よかったー」

あたし「そうですかー」

南本先生「しかし、ひどい肝臓じゃあ、肝硬変もかなり進んどる」

そうかぁ、あたしの肝臓さん、いつまでもつのじゃろう。

あたし「ウィルス、ベッドに帰るぞ」

ウィルス「はーい」

手からオーラが出るそうな

外科には腸の悪い人、血管に異常がある人、肺の悪い人、いろんな病気で入院しとられます。あたしの隣のベッドに七〇歳ぐらいの、肝臓の悪いお爺さんがおられました。お隣ですもの自然と話します。ベッドの距離なんか五〇〜六〇センチしか離れていません。あたしの肝臓のことや、胆石のことやら、なんやら、かんやらけっこう話をするんです。あたしが話しかけても、嫌そうな顔もされないし、暇つぶしですものねえ、おたがい様ということでしょうか。

あたしゃぁ、入院してすぐに切られてしまいましたので、手術が終われば、ほんとになんにもすることがないのです。後は朝、注射してベッドで寝とくだけです。もう、手術の次の日には、小水のチューブも外れてますし。お腹は包帯でぐるぐる巻きにされてますが、トイレに行ったりすることには、なんの支障もありません。

できるだけ歩くようにはしてますが、たかがしれてます。傷は縫ってあるんですが、力を入れると糸が引きつるのです。痛いのは痛いですから、スキップはできません。

看護婦さん「できるだけ歩きなさい」

外科の先生「出血が恐ろしいから、そんなに歩かなくてもいいよ」

と言われるし。あたしゃ、どうしたらエエのですか。

実は手術の次の朝に一回、ドバッと出血したのです。先生は、オロオロしてましたが、それ一回だけでしたから、大事には至りませんでした。お腹を開けるとどうしても、お腹の中に血が残ったり、体液が溜まったりしています。それがお腹の中にあっちゃいけません。できるだけ早くお腹の外に出さないと腹膜炎（ふくまくえん）になっちゃいます。そこで、お腹にチューブを差し込んでおきます。このチューブからお腹の中に溜まった、血の塊やら、いらないものを出すんです。

このチューブから、ドバッと出血しまして、先生をビックリさせてしまいました。そんなことで、先生は恐れる、恐れる。看護婦さんは、なぁに大丈夫、歩け、歩け。それでも三日目の朝にはこのチューブも抜かれて、もう後はチューブの穴が塞がれば退院です。

手術が終わると外科じゃあなんにもすることがない。体力回復と、傷が塞がりゃあエエのです。もう、あたしゃぁ、なんにもすることがありませんから、隣のお爺さんとペチャ、クチャしゃべっていましたら、どなたかお見舞いです。

おお、お爺さんのところにお客さんです。また、この人が目立つ格好をしとられます。スーツ姿に、首に錦（にしき）の長細い布を掛けておいでじゃあ。輪袈裟（わげさ）でしょうか、でもスーツ姿ですし、髪も長い。お坊さんというような雰囲気ですが。どっかの新興宗教の回し者みたいですな。

あ、失礼、失礼。人を外観で判断してはいかんですね。

お客さん「こんにちは。お元気そうですね」

お爺さん「まあ、まあ。わざわざ遠い所から、わざわざすいません。ありがとうございます」

病室での会話は、意識して声を小さくしないと、隣のベッドに筒抜けです。ベッドとベッドの間になんか衝立てでもあるわけじゃあなし。べつに聞き耳を立てなくても聞こえてしまいます。

なんじゃかんじゃあ、一通り挨拶も終わりましたら、なんか仏教のことを話しだして。なんやらかんやら、むにゃむにゃ言っとられます。

ウィルス「なにぃ」

なんとまあ「自分は、ある寺で修行して、手からオーラが出せるようになった」ですと。なんか変な雲行きになってきましたぞ。

お客さん「わしは、いろいろな病気の人を治してきました。昔から『手当て』と言うでしょう。病気をしているところや、怪我をしたところに手を当てると、ちょっとは、楽になるでしょう。実は昔の人間は、病気や怪我を、自分の手で治す能力があったのですよ。ところが文明が発達して、いつのまにかこの能力をなくしてしまったのです。昔の記憶といいますか、本能といいますか。すでに人間には、この能力がなくなってしまったのに手を当てれば、楽になったような気持ちになるのです」

まあ、ひょっとしたらそうかもしれんが、どっかで聞いたことがあります。同じような話をね。

お客さん「わしは、修行して人間のなくした力を仏様からさずかったのです。このお経を見てみなさい。ここにちゃーんと書いてあるでしょう。実は、あなたの体を見たとたん、どこがどれだけ悪いか、だいたいわかっているのです。こうして、この手をかざしていますと、ここから『ここが病気だよ、悪いよ！　悪いが、まだまだ、大丈夫だよ』という『オーラ』がビンビンわしの手に伝わってきますよ」

お爺さん「そうですか。ふーん、わしの肝臓は大丈夫ですか？」

あれ、あれれっ。このお爺ちゃん信じたみたい。また、ご親切に、自分から悪いところも言っちゃった。

お客さん「そうよ肝臓だわな。もうちょっと手を近づけるよ。おおっ、ここじゃ。ここじゃ。肝臓のこの辺じゃね。悪い！　悪いが大丈夫じゃ。おおっ今、わしの背後に仏様がお立ちくださった。わしの背中に手を当てて、力を貸してくださった。この手は仏が化身され、仏手となったぞ、こりゃあ、治る!?　治るぞ」

ウィルス「え、どこにぃ」

仏様って言ってます。どこにおられるのかな。あたしゃぁ、なんにも見えんがね。

お爺さん「そうですか、治りますかね。でも手術はした方がエエのですかね？」

お客さん「そうじゃね。悪いところは、この際切り取ってもらいましょう。でも、切り取っただけでは治りませんよ。あっちこっちへ、悪い細胞が散らばってしまっていますから、それを全部切り取るわけにはいかないでしょう。わしのこの手から出る『オーラ』で散らばった悪い細胞を、よい方向に治していきましょう。うーん。うーん。ビリビリこの手にきますぞ。あなた、自分でも感じませんか？　わしの手は汗をかいてきましたぞ。これ見てみなさい」

お爺さん「ほんとうじゃ。汗びっしょりじゃ。わしの腹もなんとのう、熱うなってきたような気がしますわ」

お客さん「うーん。よっしゃできた。これでもう大丈夫じゃ。わしとあなたの『オーラ』の波長がピッタリ合った。今から十分ぐらい、このまま『オーラ』を送り続けますぞ」

お爺さん「ありがとうございます。よろしくお願いします」

あたしゃあ、おかしくて、おかしくて。

あたし「ぐふふふふっ。ぐふっぐぐぐ」

こ、声が出てしまいます。カーテンをもう少し閉めなければ。

ジャジャジャジャーと、カーテンを閉めますと、隣で手をかざしておられる、仏の化身様が、なんやらお爺ちゃんに聞いています。

お客さん「隣の人は、どこが悪いの？」

お爺さん「胆石らしいです」

お客さん「ふーん、やっぱりね。短気の人間が胆石を患うのよ」

お爺さん「隣は、短気ですか？」

あたしが急にカーテンを閉めたので、このやろうとでも思ったのでしょうか。あーああ、短気にされてしまいましたわい。

たんき、たんせき、なんとなく語呂合わせが、エエですな。

あたし「ぐふふふふっ」

く、く、苦しい！　助けてくれい。傷口が開くぞ、裂けるぞ。腹が、痛てーい。

ちょうどその時、点滴をしておりましたので、その場を立ち去ることもできず、それはもう悶絶(もんぜつ)の苦しみでした。

ウィルス「ウギャー」

もう限界です。早く、早く帰れ。

脂汗が出てきましたわ。あ、もう限界。

すると、やっとで予定の十分が過ぎたのでしょう、『仏の化身様』がお別れの挨拶をしています。
　あーぁ、よかった。終わって。
お客さん「さて。今度は一週間後にでもお伺いしましょう。また退院なさったら、わしの家に、ぜひ来られますように。家だと、じっくり『オーラ』も当てられます。ここじゃあ、ちょっと気が散りますな」
お爺さん「ありがとうございます。なんとかお礼がしたいのですが」
お客さん「そうですか。ムニャ、ムニャ、ムニャ。では」
　えっ！　なんか封筒、渡しとる。なんと、お爺ちゃんは合掌して見送りしとるじゃありませんか。あの封筒の中身はなんでしょう。まさか、お金じゃあるまいな。
ウィルス「信じとるわいな、おじいちゃん」
あたし「むちゃくちゃじゃあ」
　まあ、新興宗教ではないみたいです。昔は、自分で勝手に坊主になった輩を私度僧(しどそう)といったそうですが、おそらくそれに近い。しかし、お爺ちゃん、あんなのは仏に仕える身でもなんでもないし。まして、あんな大嘘つき。仏様のお力なんか備わるものですか。
　だいいち『オーラ』と『仏』になんの関係があるのですか。『オーラ』ってなんじゃろかいな。

ウィルス「そんなもん嘘に決まっとらい」

『仏の化身様』よ、ほどほどにせい。お前さんのやっとることは詐欺じゃ。でまかせじゃ。あーあ、嘆かわしや。

でもね、こんなんばっかしですよ。あたしも何回も入院してますから、変な宗教や、おかしな輩をときどき見ることがあります。新興宗教から、入信を勧められたこともあります。でもねぇ、宗教で病気が治るのなら医者は廃業ですよ。病院なんかなくなってしまいます。チョット考えたらわかりそうなんですがねぇ。でも、騙される。騙す輩も心得たものでうまい具合に『オーラ』やら『宇宙のエネルギー』やら『超能力』やら使いよる。似たりよったりの『種』ばっかしです。

ウィルス「だいたい見たね。嘘つきのテクニックはね」

面白い新興宗教もいろいろとやってきました。ヨーガをしなさいと、言ってこられた。気功をしなさい、と言ってこられた。まあ、いろんなのが来られました。ため息が出ます。この前、なんとかの証人じゃ言う人が来ましたが。ほかの人は知りませんが、あたしゃあ、どうひいき目に見ても信じる気になりませんでした。

でもね、あれから毎日ですよ、毎日。お爺ちゃんは、なにやらムニャムニャお経を読んでおいでです。目が据わってしまったというか。なんか一途に思いつめておいでの様子です。それからなんか話しかけにくい。

ウィルス「どうしたもんかぃな」

あたしのお腹の傷は順調に塞がりましたので、それから六日後には退院したが、やっぱり気になります。お腹は切ったのでしょう。手術の予定日は、お爺ちゃんのカレンダーに書いてありましたもの。

あたし「成功したのかな?」

ウィルス「どうでしょう」

やっぱり気になります。お爺さんの手術の予定日から、二週間して病室にお見舞いに行きましたら、
ウィルス「あれ?」

お爺ちゃんがいません。ちょっと心配になって看護婦さんに聞いてみましたら、あのお爺ちゃん無事に手術も成功して二日前に退院なされたとのこと。まずは、ほっと一安心したところです。

が、まだ、続きがあったのです。

ウィルス「アア! なんということ……」

いつものように大学病院の受診の後ちょっと用事があって、外科の入院病棟の下で人を待っ

ていましたら、
あのお爺さんがこっちにやってくるではありませんか。お爺ちゃんは病院の寝間着を着て、病棟の廊下を黙々と歩いておいでです。また、会ってしまったのです。
あたし「あ、あ！」
ウィルス「ショック！」
お爺さん「あら、こんにちは」
あたし「はい」
お爺さん「お元気そうですな」
あたし「はい、ありがとうございます」
お爺さん「わしゃあ、また手術じゃあ」
あたし「そうですか、今度はどこを？」
お爺さん「なあにねぇ、また肝臓よ」
あたし「はぁ」
お爺さん「じゃー」
あたしゃ、お爺さんの後ろ姿を見送って、やり切れない気持ちになってしまいます。急いで屋上に上って、あたし「ばかたれが！」

　大声が出ます。

あたし「オーラのやつ、あーん、どーなっちょるんじゃい！」

　騙すにもほどがあろうに。『オーラ』じゃ、あん『仏手』じゃあ、人の弱みにつけこんで、藁をもつかもうとアップアップしとる人間に、ほんまに藁くずを投げてやってどうする。

あたし「こらあ！　仏の化身は、どうなったんじゃ。おいこら！」

　ほんでもって、ほんでもって、あー腹が立つ。お寺もたぬきも一緒じゃあ。加持祈禱じゃあ言うて、鐘を叩いて、太鼓を叩いて、鈴を鳴らして、病気が治るものか。がんが消えるものか。キンキラの御袈裟着て、お前らも病気するじゃろう。ムニャムニャやって金儲けしとる坊主のやつら。そうじゃろう、お布施もろうて何するんじゃ。やっぱり金儲けじゃあないか。

ウィルス「ヒィ」

あたし「あーあ、悲しくなってきた」

ウィルス「帰りましょうよ」

あたし「おい、ウィルス。帰るぞ」

ウィルス「へへー」

お経を読んでもさっぱりわかりません

でもね、恥ずかしながら、普段まったく信心していないあたしです。ですから仏教のことは、よくわかりません。人が死ぬとあたしの田舎では、近所の人がよってたかって段取りをしてくれます。通夜と葬儀には町の大きなお寺さんからお坊さんが来て、ムニャムニャお経をあげてくれます。親父の葬儀ではあたしが喪主でしたが、ただ頭を下げて「ご苦労さまです」「ありがとうございました」と、挨拶しとっただけです。お経をあげてくれたお坊さんのお寺がどこにあるのか、ましてや名前も知りません。

村にもお寺はありますが無人です。まあ、お寺は集会場だと思っていました。葬式とか法事のあった時には、町からお坊さんがやって来ます。ですから普段、お坊さんの姿を見ることはまったくありません。葬式や法事の時には、正座をさせられます。だいいち正座もしたことがありませんから、足が痺(しび)れまくっています。お坊さんのお話を聞いとる余裕はありません。足が痛いのが先ですわ。早く終わってほしいのです。ましてやお経なんか、まったく聞いていません。お経も何を言ってるものやら、ムニャムニャです。それが今になって思うのです。

あたし「仏教って、どんなんじゃろぅ」
ウィルス「後の祭りじゃあ」
あたし「はてさて、真面目に信心しとけばよかった」
ウィルス「おーほっほ。あほ」

仕方がないもんで一人でお経を読んでみることにしたのです。格好よくいえば一念発起ですね。手当たり次第読んでみました。もちろん、お寺には縁もゆかりもありません。

あたし「お寺って、用事がないもの」
ウィルス「そうよね。普段行く場所じゃあないな」

しょうがないから、現代語訳を片手に漢文の本文と、にらめっこです。一字一字ほじくるようにして読んでみました。
『法句経（ダンマパダ）』『経集（スッタ、ニパータ）』『涅槃経』『般若心経』『華厳経』『維摩経』『法華経』『無量寿経』『観無量寿経』『阿弥陀経』『阿含経』これだけ自分で買いました。
『法華経』だけでも、むちゃくちゃ長い、これがわかりゃあせんです。『華厳経』もすっげー難しいです。でも『法句経』は、比較的やさしく書いてある。

あたし「ふむふむ」

ウィルス「わかる?」
あたし「わかるような気がする」
ウィルス「あーあ、気がしただけかい」

よくもまあこれだけ買って、よく読んだものです。自分でも感心します。でもね、お経を読んでも結局のところ、よくわからんのです。

あたし「ほんまに難しいですわい」
ウィルス「難し！　難し！」

こりゃあ出家して僧侶になって、どっかの偉いお坊さんについて勉強でもしないかぎり、わかりゃあしません。それでも一年や二年で、わかるはずがありません。ましてや悟るとか奇跡に近いと思いますよ。

しかし、面白いですね。お経には金キラキンに飾りたてた仏のお家がどうのこうの、また、仏の姿がいかに素晴らしく美しいか、仏にもいろんなお方がおいでになる。如来とか、菩薩とか、それぞれ、お一人お一人が、どんなに素晴らしい神通力を持っているか。仏の功徳というものが、いかに広大無辺でありがたいことであるか。とびっきり難しい文章で飾り立てられてあります。よくもまあ、これほど考えついたものです。感心します。そして、悟りとか、涅槃とか、浄土とか、空とか、無とか、こと細かに説明してあります。あたしみたいな、ぼんくらにゃあわかりゃあしません。

ウィルス「この頭じゃ、無理よねー」

あたし「ま、そーあからさまに」

しかし、お坊さんはわかっとるのでしょうか。全部の内容を理解して、法事やらで唱えているのでしょうか。ま、どうも怪しいですが、坊主に知り合いがいませんから、聞いてみるわけにもいきません。でもね、こんなに綺麗な浄土はいらんです。「空」とか、「無」とか、わからんでもいいです。今のあたしに必要なことは、今この時に生きることなのです。なんで、苦しい思いをしながら生きにゃあいかんのですか。生、空しいことかもしれません。どろどろしたことかもしれません。なかなかそんなことは書いてないのですね。

でも、やっとのことでそれらしい文章にたどりついても、よくわかりません。そこから、お釈迦様の言われた、本当の意味を汲み取らなくてはなりません。あたしなんかに、わかるほうがおかしいのかもしれません。一番手っ取り早いのは、やっぱりお坊さんに聞くことですかねえ。

でもねぇ気軽に入って行ける雰囲気ではありませんよね、お寺さんて。仕方がないので、やっぱり一人で読むしかありません。入退院の繰り返しで、入院生活も長かったので、ベッドの上で暇してますし、読む時間もたくさんあったのです。まあこのぼんくらな頭でも、繰り返し読んでいると、いやというほど出てくる『苦』ということが、やっとのことでわかってきました。情けない話ですが、これだけ読んでやっとこれだけです。

仏教では、苦しみを『四苦』というでしょう。じゃあ『四苦』四つの苦しみってなんでしょう。具体的には『生老病死』ですね。これが人間の持っている苦しみの根源だったのです。『四苦』は、すべての人が持っている『あたりまえ』ということが、やっとでわかりました。では『四苦』を、あたしなりに解釈してみました。お暇ならお聞きください。では、一つ一つ順を追っていきましょう。

一番目の『生』生きる苦しみ。おぎゃあと生まれた時から苦しみが始まる。そうかもしれません。生まれ落ちたその瞬間から人生が始まる。いわば苦しみが始まるのでしょう。生きて行くかぎりは、なんらかの苦しみがあるはずです。

「あたしゃ、生まれて今まで、ただの一度でも苦しい思いをしたことがない。これからも苦しいと思うことは、絶対にない」と自信を持って言い切れる人がいるのでしょうか。もし、そんな人がいるとしたら、お目にかかりたいものです。

人間は生まれて来たその瞬間から、生命を維持しなくてはなりません。腹が減ったら飯がほしい。寒けりゃあ服がほしい。だんだん欲が出てきて、お金もほしい、家もほしい、自動車もほしい、女もほしい、男もほしい、地位もほしい、名誉もほしい、いろんな物がほしくなる。

何もかも自分がほしいと思う前に叶うなら、苦しみは生まれない。ほしいと思った途端、すぐに思い通りになるのなら、苦しむことはない。でも、そう思い通りにはならんのです。

全部の人が思い通りになったら『十人十色』という言葉は生まれなかった。人はそれぞれほしいものが違う。全部の人の思い通りになったら世の中、滅茶苦茶になりますわ。誰でもわかることですね。だから、ほしくても満たされない。我慢しなければなりません。すると『人間の欲は満たされることはない』ということがわかります。でも、やっぱりほしい、ほしい。これを『煩悩』というらしい。生きとるあいだ物ほしやで苦しむ。苦しみを持って生きるんですね。だから『生』は、苦しみなんです。

二番目の『老』老いる苦しみ。歳をとる苦しみですね。年老いてくることは、あんまり楽しいとはいえません。命あるものは生まれた瞬間から歳をとり始める。まだ、青春真っ只中の若い人には、あんまりピンッとこないかもしれませんが。突然「おっさん!」とか「おばん!」とか、髪の毛の赤い高校生から言われたら、「何、失礼な! まだ、そんな歳じゃあない」と言い返される方もあるでしょう。鏡を見て白髪を見つけて「歳とったなー」と、思ったことがあるでしょう。

生きていれば必ず歳をとっていく。時間が止まらないように。まあ、タイムマシンてな、都合のエエ機械でもありゃあ別ですが、そんな物はない。それから歳をとるほどピチピチと、みずみずしくなることもない。その絶対にないことから逃れたくて無駄な努力をするのが人間です。皺伸ばしの美容整形、白塗りの化粧、白髪も黒く染める。でも、元は一緒です。見た目をどんなに隠しても歳は隠せません。役場に行って戸籍でも見たら一目瞭然。ほほー、お歳ですな。ですから一年一年、いや一秒一秒、確実に年老いている。老いるということは、寿命に向かって行くということです。死に向かって行くということです。楽しくはない。やっぱり苦しいことなのです。

三番目の『病』病む苦しみ。これはよくわかる。脳梗塞(のうこうそく)になったから、あーよかった。がんになって、楽しくてしょうがない。ラッキー糖尿病になったよ。「病気になってうれしいなあ」と言う人はいないでしょう。また、生まれてから死ぬまで、ただの一度も病気をしない人が、いるのでしょうか。

「健康であることが一番の幸せ」って言う人がいます。そうですね、健康は素晴らしい。すると、この人にとっては不健康、病気が一番の不幸なのでしょう。そしたら大変です。この先、一番の不幸が待っています。なぜなら人間は必ず死ぬ。死ぬ時は、どうひいき目に見ても健康とは言えますまい。でも、寿命は、わかっている。いつかは死ぬ、ということを知っている。ですから大不幸を知りながら、懐に隠し持って知らんぷりを決め込んでおるのです。まあ、でっかい苦を、後生大事(ごしょうだいじ)に抱えておるのです。今、病気の人。今、健康でもいずれ必ず病気をする。だからすべての人が病む苦しみを持っていることは『あたりまえ』なんですね。四番目の『死』死ぬ苦しみ。これも誰でもわかります。死ぬのは嫌ですもの。第一死んだらどうなるのかわかりません。死んでから、生き返った人がいないんです。死んだら死にきりで、生き返ったらゾンビじゃね。そんなことはない。そしたら想像するんです。天国ってあるのかな。黄泉（よみ）の国ってあるのかな。暗いのかな、明るいところかな。恐いところかいな。苦しいところかいな。地獄ってあるのかな。あげくのはてに、死にたくない。永遠の命がほしい。不老不死になりたいな。

じゃが安心しなさい。人間は生まれてきたからには必ず死にます。例外はまったくない。必ず死ぬ。いつかは死ぬ。これがまた、立派に死ねるんですね。予行練習もいりません。

また、寿命ということがありますね。生き物だけじゃなくて、地球にも寿命があります。太陽にもある。銀河にも寿命がある。われわれの太陽系のある銀河は『天の川銀河』というのです。でも宇宙にはこんな銀河が数え切れないほどあります。無限の数の銀河に無限の数の太陽がある。そこに無限の数の地球みたいな星がある。その無限の数の星一つ一つに寿命がある。寿命が尽きて必ず死を迎える。あの恐ろしい死です。

動物は本能で生きとるから「死んだらどうなる?」てなことは、思わないのかもしれません。が、人間はそう簡単にはいかんですね。人間には考える頭がある。それも味噌（みそ）も糞（くそ）も一緒の脳（のう）

味噌（みそ）という物で考える。まあ、考えることも幼稚で自分勝手でいかんです。『不老不死（ふろうふし）』とかいう、とんでもないことも考えよるのです。無駄なことを考えるものです。

ちょっと考えたらわかりそうなもんですがなあ。地球にも寿命があります。その地球に住んでおる人間が、地球の寿命が来た時に無事にすむわけがない。あったりまえの話です。それでも死にとうないとか言うから、もう無茶苦茶ですわ。

地球の寿命は何十億年もあるらしいが、人間はそんなには生きられん。日本人の平均寿命は、八十歳ぐらいですよね。百歳も生きたら天然記念物みたいな貴重な存在です。でも百二十歳を超えては生きられんですね。必ず死にます。みんな死ぬ。人間は、いや命あるものは、みんな死ぬ時が来ます。そのことをお釈迦様は、自らの肉体でお示しになった。年老いて、病気になって、そして死んでいかれた。それも旅の途中で野垂れ死にのようにです。だから人間は、いや命あるものは必ず死ぬ。死ぬる苦しみを持っていることが『あたりまえ』なんですね。

これが『生老病死』という四つの苦しみです。人間は『四苦』を持っていることが『あたりまえ』ということがわかります。

そこで、思い当たりました。こりゃあ『あたりまえ』のことを『あたりまえ』にやるしかないわいな。金持ちになりたいとか、長生きしたいとか、病気をしたくないとか、みんな『あたりまえ』じゃあないことですもの。

生きて苦しみ。病んで苦しみ。老いて苦しみ。死に苦しみ。苦しみばっかりですが、それが『あたりまえ』のことだったのです。それでも、楽をしようとするから、おかしなことになってしまいます。楽をしたいと思うこと自体も苦しいものかもしれません。だって結局のところ叶うことはないのですから。

でもね、人間の持っている一切の苦しみから自らを解き放たれたお方が、たった一人だけおられた。今から約二千五百年前、古代インドのシャーキャ族の王子、ゴータマ・シッダールタさんです。王子という地位もすべてを捨てて修行して、苦しみを解明された。そして、その苦しみの中から悟りを開かれた。悟ると同時にすべての苦しみからも解き放たれた。その瞬間に『仏陀』（悟れし者）という仏様になられたのです。お釈迦様ですね。でもね、人間ですから、あたりまえに死んでいかれる。鍛冶屋のチュンダさんという人が布施（ふせ）した食事によって食あたりを起こされた。激しい下痢の末、体力を使い果たして、死んでいかれたのです。『阿含経』はお釈迦様の最後（ばんねん）の様子が書いてある。いわば、お釈迦様が死を前にされた最後の教えなのです。あたしにゃぁこれがわからんのです。情けないことであります、はい。

春

命の春、あたしゃぁ、一年の中で、春が一番好きです。今年もあたりまえに、春がやってきます。

ウィルス「春ですよ、春」

あたし「ウキウキします」

そうそう、私の田舎には、いい桜があるんです。それは「魚切」という渓谷の道沿いにあります。険しい崖の中腹にあるんです。その崖には松の木や、どんぐりの木や、ならの木やら、どっさり生えてます。普段はどこに桜の木があるのかさっぱりわかりませんが、春になると緑の中に一本だけピンクの花が咲くのです。

切り立った崖の一カ所に、舞い降りた桜花がふんわりと。

ウィルス「こりゃあ素晴らしい」

あたし「おお！」

思わず声が出ます。あたしゃあ、何よりも山桜が好きです。山奥でひっそりと咲くのです。

「魚切」の桜は山奥で、ただ咲いて、ただ散ってゆきます。誰かに見せようなんて思ってもいない。これがエエのです。

しかし、日本人は、なんでこんなに、花見が好きなのでしょう。家族連れや、会社の同僚や、友達同士で、桜があれば、わいわいがやがや。中にはカラオケまで持ってきて、のど自慢大会までやってます。騒ぐだけならまだエエのですが、不心得者が、枝は折るわ、喧嘩するわ、ゲロは吐くわ、あげくのはてにはバイクを公園の中で乗り回す。無茶苦茶です。

この前、桜祭りをやっていて見に行ったら、暴走族も出てきよった。一人じゃあできんものじゃから、グループでやってきて大騒ぎをする。こいつらのすることがまた性根が悪い。それも若いのです。どう見たって中学生か高校生ですよ。髪の毛は、黄色やら紫やら赤やら、虹のようなのもおる。これで学校に行くのかね。先生はなんにも注意せんのでしょうか。親は何も言わないのでしょうか。どうしたらこんなことをする子供に育つのじゃろう。まあ、親がしつけの仕方を知らないってのもあるが。

馬鹿な親も多くなってきたものです。怒ることはするが、叱ることをせん。若木もなあ、よけいな枝や曲がった枝を切ったり伸ばしたりせにゃあ真っすぐには育ちません。肥料をやって時期が来たら、いっちょう前に花が咲くじゃろうと思ったら、大間違い。なーんも咲きはせぬよ。

家も建てた。車も買った。そりゃあ家族のために、金儲けも大事じゃろう。じゃがな、親が金を出すからバイクも買える。個室の子供部屋があるから集まる所もある。親の金で飯も食える。変な格好もできる。みんな親の懐から出よる。中にゃあ学校で恐喝までしよるやつらもおるらしいが。

こら！　暴走族の親たち。いや、年頃の子供を持つ親たちよ。よくよく考えてみることじゃ。何か忘れとりゃあせんか。自分の子供の頃を思い出し、よくよく考えてみよ。思い出すことじゃ。お前さんの一番楽しかったことはなんじゃった。それをわが子にしてやれ。綺麗な子供に生まれたからには、なんで阿呆になりたいか。なんで暴走族になりたいか。

子供は真っすぐに育つようになっておる。生まれながらに素直になっておる。それをわざわざ、ひん曲げて、ぐにゃぐにゃにしておるわ。あほで馬鹿な親が多いで、かなわぬわい。

ウィルス「お、落ち着けー」
あたし「お、興奮しとった」
ウィルス「どぅー、どぅー」
あたし「わしゃ、馬か」

でもなぁ桜はすごいです。わが目の前で、人間がどんなに、あほなことしたり馬鹿なことしても、また春になったら何事もなかったように、ちゃーんと咲いてくれる。

これを見なされ。これが自然じゃ。これを素直といい『あたりまえ』という。
なんとも寂しい世の中です。なんとも忙しい世の中です。せめて花の一瞬、ビシッと落ち着きたいものですねぇ。

西行法師がこんな歌をよんでます。

『願はくは　花の下にて　春死なむ　その如月（きさらぎ）の　望月（もちづき）の頃』

如月は、旧暦の二月のことです。望月は十五夜のこと。まだまだ寒さが残る時節ですね。ピシッとして張りつめた冷気に月光が降り注ぐ。闇を背景に浮き上がる満開の桜花。その下で死にたい。西行さんはもと武士ですから、切腹の時に着る真っ白な死装束のことを歌ってるのかもしれません。

あたし「おい、ウィルス。花見に行こか」

ウィルス「はいよ」

梅雨は心が落ち着きません

農家にとって梅雨は大事な季節です。この時期に雨が降らないといけません。田んぼに水がないと田植えができませんからね。

雨蛙がゲロゲロ、ゲコゲコ鳴き出したら田植えが始まります。今では機械で植えていますが、あたしの子供の頃にはそんな機械はありません。人間の手で全部、植えていくのです。おかあちゃんとおばあちゃんと親戚のおばちゃんが、早苗を植える役目です。

親父は早苗を天秤棒（てんびんぼう）で担いで、田んぼに配っていくのです。それはもう一家総出の大仕事です。田んぼに膝まで埋まり、腰をかがめて、親指と人差し指と中指の三本の指で、早苗を持って泥の中に挿し込みます。この仕事を朝から晩まで毎日です。おばあちゃんの腰はなんであんなに曲がったのか、一目見たらわかります。

でも、子供のあたしと妹にとっては、楽しい楽しい田植えです。日曜日になると、弁当と十時のおやつと、三時のおやつを持って喜んでついて行きます。

今ほど自動車は発達していません。自動車はお金持ちの家にしかありません。わが家には当然ありませんから、田んぼまで歩いて行きます。遠くの田んぼまで行きますから、子供の足で片道一時間半ぐらいはかかります。

田んぼに着くと早速、お手伝いの開始です。大人のまねをして、素足で田んぼに入ったら、ヌルッ、バチャッ、ドボッ。あーあ、すぐにひっくり返ります。頭から泥まみれです。でも大丈夫、ちゃーんと着替えが入っておるのです。おかあちゃんの袋は、魔法の袋じゃね。これからなんでも出てきよるのです。

母「こっち、こい！」
兄妹「うん」
母「これで拭け」
兄妹「ぶっ、ルル！」
母「両手上げ、ばんざーい」
兄妹「うん」
母「はい、終わり。そーれ、行けー」

クルリッと、脱がされてスッポリッと、はい、着替え終了。泥のついたシャツは、小川で洗ってパン、パン、パン。あっというまに干されちゃいました。

兄「行くど」

妹「うん」

今度は、ひっくり返らないように、そろりっと、田んぼに入ります。グニュ、グニュ、ヌルリ。泥の感触は、悪くはない。

兄妹「ブルッ」

あっはは一緒に身震い。

妹「おやつにならんかなぁ」

十時と、三時にはおやつをします。田んぼのあぜ道に座って、お茶を沸かして、大人も子供もみんなで、おやつをします。

大人は、いろんな話をしてくれます。昔話とか、村に伝わる昔からの言い伝えとか。たまには幽霊の話しとか。怖い話を聞かされた時は、夜は怖くて恐ろしくて、一人でオシッコにも行けません。

おやつが終わったら、今度は小川で沢ガニを釣ったり、蛙を追っかけたり、めだかを手ですくったり、飽きることはありません。そのうち、お昼になってお弁当です。遊んでばっかりですね。

ご飯はアルマイトの弁当箱にギュウギュウに詰めてあります。おかずは煮しめがナベごと持ってきてある。それから親戚のおばちゃんが持ってきたキャラブキと、卵焼きと、梅干と、沢庵です。

田んぼの近くには、たいがい作業小屋が立ててあります。いろりに火を起こして莫蓙を敷いて。みんなで輪になって食べます。これがうまい。いくらでも食べられます。腹一杯になって、お腹がはち切れそうになって、ギュウギュウいうまで食べてます。お昼を食べた後、しばらく動けません。大人も子供もちょっとお昼寝です。

昼寝から覚めると、兄妹はすぐに小川へ直行。一日中、遊んでます。遠足と一緒です。三時のおやつを食べたら、おかあちゃんと一緒に一足お先に帰ります。家に帰る途中で、晩ご飯のおかずを採って帰るのです。空豆、ネギ、にんじん、たまねぎ、じゃがいも。この時期、畑にあるものが晩ご飯のおかずです。

家に帰ると今度は家のお手伝い。お風呂を沸かすことが私の役目です。五右衛門風呂で、まして水道なんかありません。井戸から手押しポンプで汲み上げて、バケツで水を運びます。風呂いっぱいに水を入れるのが一苦労。今度は薪を運んでかまどに火をつけます。お風呂が沸くまで火の番ですが、もう、コックリコックリしています。ちょうど、お風呂が沸いたころに親父が帰ってきます。

一番風呂はなにがあっても、絶対に親父です。親父が上がると次は兄妹で入ります。お風呂から上がると晩ごはんです。親父は晩酌をしますから、とてもつき合いきれません。兄妹は一足先に「ごちそうさま」です。もう、テレビを見る暇もありません。目が勝手に閉じてしまいます。朝まで一寝入りですね。

もう、朝です。チュン、チュン、チュン。スズメの鳴き声が聞こえます。枕もとには、昨日ころんで泥だらけになった服が、きれいに洗ってたたんであります。

よく乾いてますから、それを着て学校へ行きます。このころは継ぎの当たっている服を着て、どこに行っても「恥ずかしい格好をしている」とか思ったこともありません。

村には分校がありました。小学校三年生までの低学年が通うのです。高学年になると、四キロ離れた本校まで歩いて通います。分校は一、二、三年が一つの教室で授業です。複式学級で先生も一人で教えてます。それでも、落ちこぼれなんか一人もいない。勉強になんの不自由も感じなかった。そして、この先生が、また素晴しかった。

「きれいな服というのは、新しい服をいうのではありません。きたない服というのは、継ぎ当てのある服を、いうのではありません。継ぎ当てがあってもちゃんと洗ってある服を、きれいな服というのです。たとえ新しくっても、汚れて洗っていない服のことを、きたない服というのです」と、先生が教えてくださいました。

ですから、分校の生徒はみんな、継ぎ当てのある服を、堂々と着ていました。年に一、二回ある、遠足や社会見学とか、大きな行事には分校の生徒も、本校の生徒と一緒に参加します。

その、二、三日前になると先生は必ずこう言うのです。

「今、履いている靴をよく洗って、今、着ている服を洗ってもらって、そう、それを履いて、それを着てきなさい。お弁当はいつものおかず。ぜったいに、ごちそうを持ってきてはいけません」

履き慣れている靴を履いているので、靴擦れはしません。よく洗って、ほごされている服を着ているので、汗をよく吸います。その上、着心地がいい。いつものアルマイトの弁当箱ですから、ご飯を食った後は、軽い軽い。

本校の生徒は、帰る頃になると青い顔をして、靴擦れのできた足を引きずりながら、やっとのことで歩いています。それに引きかえ分校の生徒は、背中でアルミの弁当箱をカランカラン鳴らせながら走り回っています。

このころは「うらやましい」という言葉すら知りませんでした。なんという幸せな時を過ごさせてもらったのでしょう。でも、妹が最後の分校の生徒になりました。……が。

それが、高校を出て、就職して、恋人ができて、結婚して、子供ができて、いっちょ前に父親になっちゃいました。あたしの子供も、一番上はもう来年、成人式です。

親のしていることを子供が真似します。その子が大きくなって親になり、子供ができたら、また、その親の真似をします。おんなじことの繰り返しです。

わが家の物干しには、継ぎ当てのある真っ白なソックスが干してあります。お風呂は高校生になった息子が沸かします。一番風呂はあたしです。『あたりまえ』に歳月は過ぎていきます。分校の恩師は八年前に亡くなりました。親父は六年前に死にました。この先生から教わった「きれいな服の定義」これだけは、いつまでたっても変わりません。

でもね、一家の主はあたしですが、田舎に帰るとそうはいきません。おふくろから見れば、いつまでたっても鼻たれ小僧です。そろそろ、頭の髪の毛も薄(うす)くなったというのに「小遣いをやろう」と、言ってきます。頭が上がりません。

田舎の実家には、おふくろが一人で住んでます。歳は六十四歳、どっこも悪いところはありません。まだまだ、元気で働いています。田んぼは、おふくろと、あたしの家と、妹の家で食べるだけしか作りません。ほかの田んぼは、近所の人に預けています。家の周りのほんの少ししか作りませんから、田植えは半日もかかりません。

田植えがすんであたりが暗くなったら、さあ、蛙大合唱隊のお出まし、お出まし。ゲロゲロ、グエッグエッ、ゲーコゲーコの大音響。あたしゃ、この大合唱に眠れません。おふくろは、ぜんぜん気にせず眠っています。あたし一人が眠れません。何やら、心が落ち着きません。

あたし「うるさい！」

庭に出てそこいらの石をポチャンと投げると、しばらくは鳴きやみますが、すぐにまた、ゲロゲロ、グエッグエッ、ゲーコゲーコが始まる。そのうち石の攻撃にも、慣れてしまってポチャンといっても鳴きやみません。ゲロゲロ、グエッグエッ、ゲーコゲーコ。

しかし、蛙に八つ当たりとは、われながら情けない。落ち着かないのは、あたしのせいじゃ。

「親が子よりも先に死ぬこと。それは、幸せなことなんです」なんて偉そうに言っときながら、とびっきりの親不孝をすることになるかもしれません。

「すまぬ、すまぬ、すまぬ……」

百万遍、言ってもいい足りません。「すまぬ、すまぬ……」

あーあ、情けないことです。ゲコゲコ蛙の梅雨の夜は、クヨクヨ、シトシト。とびっきり、心が落ち着きません。

ご同行の、C型肝炎ウィルスさんよ、なんとか言いなされ。

あたし「うんとか、すんとか」

ウィルス「……」

あたし「あーん」

仏壇で見つけたもの

今年の夏は入院しなくても大丈夫です。お盆は久しぶりに田舎でゆっくり過ごしています。普段なんにもしてませんから、お盆ですもの、仏壇の掃除でもしましょうかね。位牌を出して、弘法大師像を出して、花入れを出して、水を替えてお花を活けて、線香立てを出して灰の掃除をして、と。なんでしょう『修証義』なるものを見つけました。そういえば法事の時にお坊さんが、仏壇になにやら置いとくから「読みなさい」と言われてました。

ウィルス「これですな」

あたし「ははーん」

パラパラ開いてみると、確かに読めます。かな交じりで漢字には読みがながふってあります。なんとか読めますが『修証義』って、なんなのでしょう。初めて見ました。

あたし「あれま、こりゃ、古い」

もう一冊あります。ぶ厚い『曹洞宗日課勤行集』なるものです。曹洞宗ってあります。そういえば手当たり次第にお経は読んでみたが、自分の家の宗派は知りませんでした。

ウィルス「はあっ?」
あたし「禅宗とは、知ってるけれど」
曹洞宗といったら、道元(どうげん)禅師の開いた禅宗の宗派です。中学校の歴史の時間に習いました。
あたし「わが家の宗派は禅宗の、それも曹洞宗ですわ」
ウィルス「皆さんは、自分のお家の宗派はご存知ですかね?」
おやじは生前に「家は禅宗じゃから、の!」と言っていましたが、曹洞宗とまでは、言ってはいません。
ウィルス「道元さん。申しわけない」
あたし「これで、わかりました。これで、今までのことが納得できます」
おふくろの実家や、親戚の家に行くと決まって「南無阿弥陀仏」と唱えています。お墓に行っても「南無阿弥陀仏」ムニャ、ムニャ、ムニャ。お坊さんも「南無阿弥陀仏」ムニャ、ムニャ、ムニャ。
わが家はなんで「南無阿弥陀仏と、唱えないのかなー」と、子供の頃から不思議に思っていました。浄土宗(じょうどしゅう)か浄土真宗(じょうどしんしゅう)なら「南無阿弥陀仏」ですよ。曹洞宗ですから「南無阿弥陀仏」とは、唱えないでしょう。でも、お墓に行っても、仏壇の前でも、唱える言葉は「ナムケーホー」でした。「ナムケーホー」って、なんでしょう。おやじに聞いても「意味はわからん」と言っていましたし、おふくろも「和尚さんが、これでエエ」と言ったから、これで通しているそうでわけがわかりません。曹洞宗でお唱えする文句は「ナムケーホー」なのですかねぇ？

まあこのことは、ちょっと置いとって、仏壇の掃除の続きです。ピッカピッカに磨きましょう。

あたし「あれ！」

ウィルス「位牌の金箔が剥げたじゃないの」

あたし「ひえ！　ナンマンダ」

ウィルス「違うでしょうが」

あーあ、慣れないことは、せんほうがいいみたいです。そこで手を置いて『修証義』を一発、読んでみることにしたのです。

「生死をあらたむるは、佛家いちだいじの因縁なり……」

なんとか読めますね。「生死」とは、生老病死ですね。これは人生ということでしょう。四苦にも置き換えてもいいでしょう。「あらたむる」は、明らかにする、解明するということでしょう。「佛家いちだいじの因縁なり」は、仏教の根本でありこの因縁のため仏教が生まれたとのことですよね。まあ、素人の解釈ですから、こんなものでしょう。でも、これがまたすごく長いのです。全部やると一冊の本になってしまいます。

ウィルス「こりゃ、大変」
あたし「じっくり、やりますか」

まだ、裏にもお経があります。折本経典になっていましたので、裏にもビッシリ、お経が書いてあります。『般若心経』『三帰礼文』『普回向』等々が書いてあります。

『般若心経』は、よく知られているお経ですね。『三帰礼文』に書かれているのは「南無帰依佛」「南無帰依法」「南無帰依僧」の三文です。声を上げて読んでみます。「ナム　キエ　ブツ」「ナム　キエ　ホウ」「ナム　キエ　ソウ」

ウィルス「何か、聞いたことのあるフレーズですな」
あたし「これだ！」

この「南無帰依法」を唱えておったのです。これでわかりました。たしかに「ナム　キエ　ホウ」と言うより「ナムケーホー」と言った方が一気に言えて楽です。やっと、納得がいきました。わが家は意味もわからずに「ナムケーホー」と、やっとったのです。

あたし「おふくろに、教えてやろう」

しかし、和尚さん。せめて「南無釈迦牟尼佛」のほうがエエのと違いますかねぇ。よし、今日からわが家は「ナム　シャカムニブツ」でいくことにしよう。

今度は、古くて分厚い『曹洞宗日課勤行集』のほうを見てみます。

ウィルス「何、これ！」

あたし「いっぱい、あるな」

『三帰礼文、四弘誓願、懺悔文、般若心経、修証義、普勧坐禅儀、五観の偈、寿量品、普門品、神力品、観音品』こりゃあ膨大です。うわ、途方にくれます。まあ「三帰礼文」は、さっきやったからいいとして、『四弘誓願』『懺悔文』これは『華厳経』にもあったな。『般若心経』もなんとかわかる。『修証義』はチョット置いとって、『寿量品』『普門品』『神力品』『観音品』これは『法華経』で読んだ。というより『法華経』そのものです。『五観の偈』は食事を頂く時に唱えます。

すると『普勧坐禅儀』これは初めてです。よくつとめる坐禅の方法とでもいったらいいのでしょうか。パラパラとめくって見ると、ひらがなで漢字には読み仮名がふってあります。こりゃあ読めます。坐禅の方法が書いてある。『結跏趺坐』『半跏趺坐』の形。手をどうするか。腰の入れ方、座る手順。背筋を伸ばして腹式呼吸の方法。坐禅のやり方は、これを読めばだいたいはわかります。が、肝心の坐禅の目的といいますか、本義がわかりません。

読むことはできますが、肝心のところがよくわかりません。わからんことはさておいて、書かれているとおりに坐禅をしてみます。『結跏趺坐』両足を両腿の上に乗せる。こりゃあ無理です。なんとか『半跏趺坐』にして、片足だけを片っぽの腿の上に乗せるだけでも骨が折れます。それから、背筋を伸ばして、手を組んだら、いざ開始。

呼吸を整えて……。何も考えないように……。「無……」そんなわけにはいきません。いっぱい考える。

足が痛い、汗が出る、肩が痛い、ゲップが出そう。お腹が痛い、鼻がかゆい、もー限界。何分したのかな。あー腰が痛い。三十分ぐらいやったかなー。

あたし「やーめた」

ウィルス「時間は……」

あたし「げ！　十分も経ってません」

うーむ、難しい。動かないということは想像以上に難しいものです。第一あっちこっち痛いです。足首も膝も腰も痛いし、お腹もすごく痛い。みぞおちから右側の脇腹の痛み。そして下腹にそって、ひきつるような鈍痛です。我慢しとったら脂汗が出ます。そういえば大学病院の先生は「肝硬変で肝臓が硬くなって大きくなっとるから、大腸とも癒着(ゆちゃく)しとるな」と、X線CTの写真を見ながら呟いておられた。背筋を伸ばして、腹を思いっきり突き出すと、癒着しているところが引っ張られるのでしょう。お腹の中でなにか、突っ張るような感じです。そのまま我慢していると、だんだん痛さも大きくなります。五分もすれば限界です。耐えられません。背筋を伸ばした姿勢を保つことができません。

ウィルス「この体じゃ、坐禅は無理かなあ」
あたし「ちょっと、休憩」
ウィルス「休みなはれ」
寝っころがって、痛みが薄らぐのを待ちます。その間に『普勧坐禅儀』をもう一度、読んでみます。
「たずぬるにそれ道本円通いかでかしゅしょうを仮らん……」
一番最初のこの文章がわかりません。
あたし「なんじゃろか、意味がわからん」
こうなったら、解説書を買って読むしかありません。でも、坐禅が気になります。おふくろにちょっと聞いてみましょう。ひょっとしたら、一回ぐらい坐禅をしたことがあるかもしれません。
あたし「おーい、おふくろ」
おふくろ「なんじゃあ?」
あたし「家の宗派は、何か知っとるかいな」
おふくろ「禅宗じゃろう」
あたし「禅宗のなに?」

おふくろ「禅宗は、禅宗よ」
あたし「禅宗でも、曹洞宗とか、臨済宗とか、あるんよ」
おふくろ「知らんなー」
あたし「家は、曹洞宗よ。この前の法事に、和尚さんが言っとったでしょう」
おふくろ「そーかいな？」
あたし「坐禅って、したことある」
おふくろ「坐禅？　あのテレビでやっとった、座って背中をぶったたかれるやつ？」
あたし「そう、それ」
おふくろ「そんなもん、やるかい。おとうちゃんも、やったこと、なかろー。聞いたこともないわ」
あたし「でも、禅宗じゃもの、坐禅するんじゃあないん？」
おふくろ「ない！　聞いたこともない」
あたし「お寺は坐禅せんのー」
おふくろ「和尚さんが、おらんもの。この家に嫁に来た時は、もう、誰も住んどらんかった」
あたし「誰か、おつとめとかせんのー」
おふくろ「せん、誰もせん。この坊ーさん。お盆にも半日しかお寺にこん」

あたし「ふーん」
おふくろ「今年ゃー、家の仏壇も拝みにも、こんかった」
あたし「まあ、昼間は誰もおらんし、鍵もかかっとる。しょーがないかー」
おふくろ「忙しいらしいからな」
あたし「……」

　しかし、お寺さんとも縁遠くなったものですね。これじゃあ、曹洞宗って、知らないはずです。坐禅もしたこともないらしい。こりゃあ道元禅師の書かれた本がどれくらいあるか探してみなければなりません。

　そこで、田舎から帰ったその日に、でっかい本屋さんに行ってみました。ありますわ、いっぱいあります。全部買えるほどお金もないし、仕方ないのでそのお店にあった『正法眼蔵』『典座教訓・赴粥飯法』『正法眼蔵随聞記』を買ってきました。でも『普勧坐禅儀』がありません。ないものは仕方ありませんから『正法眼蔵』から読んでみることにしました。

　これが、これは難解です。そして膨大なページ数です。でっかい辞典くらいあります。

あたし「一発で挫折ですわ」

　次に『典座教訓』ですが、これもわかりません。ページ数は多くないのですが、今まで読んできた仏教書とは、趣が異なります。『典座』つまり、お寺で修行僧のためや、住職やらのお坊さんのために、食事を作る役職のことです。手っ取り早い話、お給仕さんの教訓が書いてあるのです。しかし、それだけではないのです。日々の心がけ、心の持ちようが書いてあるようです。

あたし「またまた、挫折」

次に『赴粥飯法』これは食事の頂き方が書いてあります。それもこと細かに。こんな本も見たこともありません。これも、行儀作法だけではありません。その奥に何かとんでもないことが、隠されている感じです。今のあたしには、それがわかりません。

あたし「またまたまた、挫折」

今度は『正法眼蔵随聞記』です。こりゃあ、二代懐奘（えじょう）禅師の書かれたものですが、難し、難し。はなから無理です。どっかの、偉いお坊さんか、誰かが書かれた講話の本でも探さなくては。あたしの手には負えません。

あたし「トホホ、結局、全部の本に挫折」

ウィルス「この、あほ凡夫が」

あたしの家は曹洞宗の檀家です。開祖、道元禅師の書かれたものが、全然わからんとは情けないことです。先祖代々の檀信徒でありながら、なんということでしょう。そのうえ、坐禅をやったことも、実際に見たこともありません。

あたし「ふーむ、坐禅かー」
ウィルス「どうすんの？」
あたし「ネットになんかあったな」

インターネット

インターネットって、流行ってますね。今、巷で大ブームです。メールとかホームページとか、いろんなことができます。時代ですよねぇ、電話が一家に一台付いたのは、そんなに昔のことじゃあないですよ。それが、携帯電話ができてきて、今はもう高校生の必需品なんです、と。携帯電話でもメールは打てますが、インターネットはできないのです。パソコンじゃあないからね。インターネットとは、世界中に網の目のように張り巡らされたデジタル通信網を利用して、パソコンから、写真やら、文章やら、いろんなデータを発信したり、受信したりするんです。発信する方はホームページというのを自分のパソコンに作って、自由に見ることができる仕掛けを作ります。見るのは勝手、誰でもいいのです。これが面白いことになっていましてな。情報を発信する方は利用者を特定しないから、利用料金というようなこともない。ホームページをインターネットに作っとる人は趣味でやっとるみたいなもんで、お金儲けをしとるわけじゃあないのです。

近頃では、有料のホームページもありますが、だいたいは無料ですね。ま、自分のことを世界中の人に知ってもらいたい、自分と同じような考えの人を探したい、自分をアピールしたい、「こんなことしてますよ」、「こんなことがありますよ」、「お友達になりましょう」、「メールでお話ししましょう」、とか、パソコン愛好家のシステムなんです。でもね、利用する方はお金がかかります。プロバイダーっていう、センターに接続せにゃあなりません。当然、電話回線かなんかを使うわけですから、回線料とセンターの登録使用料をとられます。そんなに、無茶な金額じゃあないけれど、回数と通信時間によりますわ。へたしたら、何万も請求が来てビックリします。まあ、小遣い程度ですむように、ほどほどにするんですね。

でも、どこの世界にも、悪知恵の働くやつもいて、悪さもしよります。嫌らしい、エッチなところは止めたほうがよろしい。法外な料金を請求されるかもしれません。が、基本的にはボランティア精神で成り立っています。善意を前提としたシステムなのです。したがって、インターネット全体を管理する者がいません。当事者同士で勝手にやり取りすることになりますね。このことをよーく考えて、使う分にゃあ、これほど重宝な物はないです。

なんせ自分の家にいながら、世界中の情報を知ることができるのです。ネットワークに接続できればよろしい。世界中のどこであろうと関係ないし、国境もないのです。むろん距離も関係ないですね。ただ、パソコンをインターネットに接続しなくてはなりません。

まあ、パソコンをちょっとばっかし使えにゃあいけません。が、あたしみたいな素人でも、どおってこたぁないですよ。だいたいのことはできますね。接続できたら、こっちのものです。あっちゃこっちゃのホームページにアクセスして、いろんな情報を自分のパソコンから見ることができるんです。

ウィルス「あれ、『永平寺ホームページ』ってありますよ」

あたし「あれまあ、驚いてしまいますがね」

曹洞宗の大本山永平寺にも、ホームページがあるんです。インターネットやパソコンとか、あんまり関係のない世界かなあと、勝手に思っていましたが。

ウィルス「ほ、ほー」

あたし「また、このホームページがなかなか、凝っておるわ」

おお、そうですわ。そのはずじゃ、永平寺で雲水修行をされる若者のほとんどが、駒沢大学の卒業生と、聞いたことがあります。まあ、パソコンも大学でさわったことくらいはありますよね。でも、ほんとによくできてます。凝ってますわ。

でもね、本音を言えば、新興宗教のホームページは、もっとスゴイです。綺麗ですよ。凝ってますよ。また、素晴らしいことが書いてあるのです。こんなもんでコロッと騙されるんですかね。まあ、気をつけることでありますぞ。

それにしても、仏教とインターネットはあまり結びつかない感じはしますよね。でも実際は、仏教関係のホームページの多いこと、多いこと。いっぱいあります。『永平寺のホームページ』はですね。厳冬のころの景色から、行事の時の写真、そして、坐禅の仕方から、曹洞宗関係の出版物やら、わんさか載ってます。

しかし、いろんな建物やら、面白い伝説があるのですね。インターネットをしている人は、一度ご覧になってください。あれこれ見て最後に、曹洞宗関係のホームページが紹介してあるページがありました。そこに『一般の信者の方が開設したホームページ。広島のHIRO'S HP』と紹介してあります。お坊さんでもないのに、仏教のことを書くのですね。びっくりしてしまいます。さっそくアクセスしてみましょう。

ウィルス「ふーん。綺麗な画面じゃあ」

あたし「さて内容はというと」

ウィルス「すげー」

これはすごい内容です。専門的と言いましょうか。そんじょそこいらのお坊さんが作る、ホームページとはわけが違います。だいたいお寺さんのは、そのお寺の歴史から始まって、お寺の写真、彼岸とかの行事の案内。紹介用のパンフレットがそのまんま、パソコンの画面に置き換わったようなもんです。

しかし、このホームページは違う。だいたいお寺の人じゃあないのでしょう。だから内容は、ご自分で勉強してきたことが書いてあるのです。仏教の学問をかなり勉強しとられるのでしょう。いろんな角度からアプローチがしてあるのです。

「ホームページは初心者です」と、書いてあるが、なかなかたいした画面であるし、「坐禅は初心者です」と、書いてあるが、参禅日誌を読んでも、三年以上も前から坐禅をしておられるご様子です。

ウィルス「何が『初心者のＨＩＲＯ』じゃい」

あたし「冗談じゃあない」

ウィルス「なにいぃ『受戒(じゅかい)した』だって」

あたし「こりゃあすごい」

大ベテランの行者さんですわ。まあ、画面の配色から想像するに、女性のお方でしょう。しかし、坐禅をするような女性とは、どんなお方なのでしょう。まあ、そのうちご縁があったらお会いできるでしょう。なんせ、同県の人なのですから。

ふーん『普勧坐禅儀』の現代訳が、書いてあるではないですか。実は、市内の大きな書店を全部回って、やっとこさ一冊の『普勧坐禅儀』が解説された本を手に入れたのです。が、これが気に入らない。

「たずぬるにそれ道本円通いかでかしゅしょうを仮らん」これが、最初の文句です。が、この解説が気にくわない。「円は宇宙のことで、宇宙も永遠ではない、いずれ滅びるのです。これを仏教では無常というのです。この定められた無常に向かって滅んでいくのであるが、この滅びの速度を少しでも遅くしなければならない。そこで、仏教を習得し人間が修行し、少しでも無常の来る速度を遅らすようにすることが、仏の教えである」と、書いてある。

あたし「何！　ばかな！」

ウィルス「ひと一人、修行したぐらいで、滅びの速度が遅れるものか」

あたし「こりゃあ、おかしい」

宇宙全体からすれば、地球なんか、芥子（けし）つぶ一個にもなりますまい。どう考えても、その地球の上にへばりついている、ちっぽけな人間に、宇宙の滅びの速度をどうにかするような力はないですよ。

あたし「嘘、嘘、嘘っぱちじゃ」

ウィルス「くだらん」

あたし「これ以上、読む気がしません」

もっと違う『普勧坐禅儀』が読みたい。「どないしょう」と思っていた矢先でした。これじゃ、これじゃ。ビックリしてしまいます。これがまたエエのです。今のあたしにゃあ、ピッタンコ。文章としては、書いてありません。難解（なんかい）な単語を仏教辞典や経典を参考にしながら、わかりやすい言葉に置き換えて、端的に語句の説明として書いてあります。
あとは読む側の技量といいますか。それを繋げて、引っ付けて、文句にするのは、読む者の仕事です。

「たずぬるにそれ道本円通いかでかしゅしょうを仮らん」この最初の文章はこうです。「仏道の本来は円満で行き詰まりはない。改めてどうこうしなければならない、ということは一つもない」です、と。

こんなはずじゃあ、こんなふうに書かれているはずです。しかも思いっきり簡素でエエ文句になります。ああ、やっと思い通りの『普勧坐禅儀』に出会いました。一通り読んで、喉に引っかかっていた魚の骨がおりた思いがしたのです。

あたし「こんな、内容が書いてあったのか」

ウィルス「よっしゃ！」

あたし「これで全部わかる」

あとは、この魚の骨に肉を付けて、鱗（うろこ）を付けて、尾鰭（おひれ）を付けて、泳げるようにしなければなりません。頭ではわかった。もう、実践しかありません。坐禅するしかありません。

でも、どこに行けば坐禅ができるのでしょう。さっぱりわかりません。それに、この体で坐禅ができるのでしょうか、不安です。でも、坐禅がしたい。これから同行のC型肝炎ウィルスさんと、相談です。
あたし「この体は、どうなってもいいから坐禅しようと思う」
ウィルス「十分も、耐えられないよ。お腹がひきつるような痛みだよ。背筋を伸ばして、腹を思いっきり突き出すと、癒着しているところが、剥がれたらどうするの。無理したら腸が裂けて、出血するかも」
あたし「いや、坐禅しよう」
ウィルス「痛いよー。なんで、そんなに思い詰めるの。別に、このままでもいいじゃない」
あたし「いや、坐禅で死ぬなら、死んで本望」
ウィルス「ばかよねー。死んで花実が咲くものか。死んだら坐禅も糞もないでしょう」
あたし「うーん、でも坐禅したい。これ以上、本や経典を読んでも一緒じゃあ。これから先に行かにゃあ……」
ウィルス「そんなに坐禅がしたいのかねー」
あたし「したい！」
ウィルス「もう、決めたの」
あたし「よし！　決めた。もう悩まない」
　決めました。ＨＩＲＯさんにメールをすることにしたのです。それもいきなり、なんの面識もない人に、メールを送ってしまいました。

「ＨＩＲＯさん。西村と申します。坐禅したくなりました。どっか近くのお寺さんを教えてください。わたしの住所は○○□□です」たったこれだけのメールです。こんなのいきなり、なんの前触れもなく突然に送りつけられたら、普通は怒りますよね。あたしだったら怒ります。でも、ＨＩＲＯさんは怒らなかった。二時間もしないうちに、丁寧なご返事を頂きました。ありがたいことです。あたしの余裕のなさが身にしみます。あほなやつです。

「メールありがとうございます。西村さんの住所は○○□□とのことですので、お近くに玉照院さんが参禅会をお開きです。毎週土曜日と存じ上げております。玉照院さんに参禅したことはありませんが、電話番号は、＊＊―＊＊＊＊ですので、参禅される前に、お電話なさってみてください。わたくしも坐禅は初心者ですので、一緒に頑張っていきましょう。また、メールをくださいますよう。わたくしのホームページのご意見など、お聞かせくださったら幸いです。ではごめんくださいませ。合掌(がっしょう)、低頭(ていず)……」

　ありがとうございます。すぐに、返事を書かなければ。「早々のメールありがとうございます。ほんとにありがとうございます。玉照院さんの場所はだいたいわかりますので、玉照院さんに今すぐ電話いたします。ほんとにありがとうございました。今後とも何かとお聞きすることがあるかと思いますが、よろしくご指導のほど、お願いします。合掌」

早速、返事のメールを出して、玉照院さんへ電話です。

ウィルス「あほじゃあ、この凡夫。ほんとに、あほじゃあ。自分のことしか考えとらん」

プルルルルッ、プルルルルッ、プルルルルッ。

あたし「あれ」

プルルルルッ、プルルルルッ、プルルルルッ。

電話には、お出になりません。おかしーなあ。お寺さんだから、誰かおられるでしょうに。田舎のお寺さんとは違って、住宅街の大きなお寺さんです。それに参禅会もやっておる。誰も住んでないとは考えにくいのです。もうちょっとしてから、電話してみることにします。市内の地図を見て確認したのですが、やっぱり玉照院さんは、新しい大きいお寺さんです。

お、一時間たちましたな。電話してみましょう。

プルルルルッ、プルルルルッ、プルルルルッ。

あたし「ありゃりゃ」

プルルルルッ、プルルルルッ、プルルルルッ。

ウィルス「やっぱり、出ないわ」

あたし「おっかしいな。行ってみよー」

ウィルス「え、考え方がおかしいのと違う?」

日を改めて電話するとかが、普通でしょうに。まだ、土曜日までには日がありますし。
あたし「よし、今からお寺さんに行こう」
ウィルス「はあ」
会社を早退して、帰りの駅に自転車を置いてあるから、それで行こう。自転車で行けば二十分ぐらいの道程です。でも上り坂ばっかりです。車で行けばいいのに、なんで自転車なのかね。おまけに今年は、残暑が厳しく十月に入ったというのに、外はカンカン照りです。気温は、軽く三十度を越えているでしょう。
ウィルス「え、この暑いのに、行くの！」
あたし「行くど」
チリリリ、リーン。カシャ、カシャ。もう、自転車に乗っています。最初は調子よかったのですが。
あたし「ヒー、ヒー、こりゃあ、しんどい」
全部上り坂です。こんなにしんどいとは、思いませんでした。
ウィルス「思い当たれよ」
もう、汗ビッショリです。
あたし「あ、ヒー、あ、ヒー。やっと見えてきました。もう限界」

お寺さんに上る最後の二百メートルは、自転車を押して歩いて上りました。
ハー、ハー、ヒー、ヒー、声が、ヒー、ヒー、出ません。
あれ、自動車が動いています。お坊さんが乗っていますよ。
ウィルス「止めなければ」
あたし「ハー、ハー、ヒー、すいませーん」
キキッキー。
住職「はい、なんでしょうか」
あたし「あの、坐禅したいのですが」
住職「いいですよ。毎週土曜日に、一年中しております」
あたし「ありがとうございます。早速、この土曜日から坐禅させてください」
住職「ところで、坐禅は初めてですか?」
あたし「はい、初めてです」
住職「どうして、坐禅してみようと思われました?」
あたし「わが家は、先祖代々曹洞宗の檀家ですが、恥ずかしながら坐禅を知りません。このたび考えるところがありまして」
住職「そうですか、わが院も曹洞宗です。どうぞ、お気がねなく」

あたし「ありがとうございます」
住職「たいへん申しわけないが、ご不幸がありましてなっ。急ぎますので、ここらで失礼させてください。後のことは、若いもんによく言っておきますので、今週の土曜日からおいでなさい。少しばかり坐禅にも作法があります。お教えしますので、坐禅の始まる前、そーですね、七時二十分ぐらいにお越しください」
あたし「はい、わかりました。お伺いします。ありがとうございました」
住職「では、お待ちしております」
あたし「失礼します」
住職「では」……合掌。
いつもは、若い副住職がおられるのだそうですが、ちょうど東京へ出張中で留守だそうです。しかし、よかった。和尚さんとお話ができた。これが、縁というものでしょう。あたしも、これで坐禅ができます。
あたし「あ、自分の名前言うの忘れとった」
なんということ、あたしは自分の名前も言わずにいました。和尚さんも聞きもしない。よっぽど、お急ぎだったのでしょう。申しわけないことをしました。
しかし、タイミングがよかった。ちょうど、荷物を取りに帰ったところだそうです。帰り道は全部下り坂です。汗をかいた体に風も心地よく、ピューピュー吹いています。張りつめていた糸が、はじけ飛んだ気持ちです。
ウィルス「気持ち、いいー」
あたし「おかげさんで、なんとか坐禅ができます」
ウィルス「よかったじゃ」
あたし「どんなんかなー」
ウィルス「ま、座ってみるぜ」
あたし「そう、じゃね」

初めての坐禅

今週の土曜日から坐禅に挑戦です。今日が火曜日だから、まだ四日の余裕があります。練習でもしようかな。止めようかな。いろいろと考えます。本当は不安なのです。

あたし「大丈夫かぃなー」

ウィルス「何ぃ！　何を今さら。しっかりせんか！」

二時間ぐらい、なんとかなるでしょう。でも、心配。

あたし「具合が悪くなったら、どうするの」

ウィルス「坐禅が終わるまで、我慢する」

あたし「でも、大腸と肝臓の癒着が剥(は)がれたら。『ブルブル、ブル』考えただけでも恐ろしいなー」

ウィルス「めちゃくちゃ痛くっても我慢する」

あたし「剥がれて裂けたら、痛いぞー」

ウィルス「死んでも我慢する」

あたし「でも本当に死んだら、どうするの」
ウィルス「大丈夫、遺書は書いたでしょう」
あたし「死んだら、お坊さん呼ばにゃあいかんよ」
ウィルス「なーに、ちょうどエエがね。どうせ一番近いここのお寺さんに、引導を渡してもらわにゃーならん。和尚さんも来る手間がいらんわ」
あたし「どうしても行かにゃあ、いかんかいね」
ウィルス「どうせ人間一度は死ぬ。死ぬ！　ちょうどエエわ」
あたし「はい、はい、わかりましたよ」

いよいよ、土曜日です。夕方の七時になりましたよ。家からお寺まで車で十五分くらいかかります。

ウィルス「よっしゃ、行こうかね」
HIRO「坐禅の格好は、なんでもいいです。ただ、ゆったりとした物を着て行ってください」と、忠告がありましたので、ゆったりした着物を着ていきます。それから、坐禅の前には和尚さんに、今までの経緯などをお話ししなければなりませんが、あたしの病状を全部しゃべってしまうと、坐禅を止められるかもしれません。坐禅が終わって、その夜にでも読んでもらいましょう。あたしの病気やら、あたしの覚悟なんぞ、手紙を書いて行くことにしました。

手紙だけでは、物足りないでしょうから、ＨＩＲＯさんとのメールも、印刷して同封しました。どういう経路で、玉照院さんに行き着いたかが、わかるでしょう。

あたし「ごめんください」

副住職「はい」

あたし「今日から坐禅に上がらせていただきたいと、お願いしたものですが」

副住職「よくおいでなさいました。住職から聞いております。あの、お名前は？」

あたし「西村と申します」

副住職「では、この帳簿にお名前、住所、電話番号を書いてください。急に予定が変わって坐禅ができなくなったとか、ご連絡しなくては、ならないこともありますから」

あたし「はい」

副住職「しかし、なぜ坐禅をしてみようとお思いになったのですか」

あたし「私の家は先祖代々曹洞宗の檀家ですが、坐禅をまったく知りません。何気なく見たインターネットのホームページにＨＩＲＯさんといわれる方のホームページがありまして『坐禅をしたい』と、メールしましたら『それでしたら、玉照院さんに行かれたらどうですか』とのご返事です。早速、おじゃましましたらご住職がおいでになりまして『今週からおいでなさい』とお許しがありましたので、上がってきました」

副住職「そうでしたかＨＩＲＯさんですか。はいはい、思いあたります。おそらくあの方ですね」

あたし「それから、これは自分の気持ちなどを手紙にしました。ＨＩＲＯさんとのメールも同封しております。後でお暇な時にでもお読みください」

副住職「これは、頂いてもよろしいのでしょうか」

あたし「はい」

ウィルス「若いがなー」

三十代の前半でしょう。この前お会いした和尚さんはご年配のお方でしたので、きっと息子さんでしょう。テキパキと坐禅の準備を始められます。あたしは「厳粛（げんしゅく）なものだなー」と、感心して見ておりました。でも「今日は、死ぬ覚悟で来た！」なんて口が裂けても言えません。ご、誤解なさらないように。坐禅はそんなに構えてするような、苦行ではありません。普通においでください。最初は、足がしびれるかもしれませんが「あたりまえ」のことだと思います。

誰も一緒でしょう。どんな偉いお坊さんでも、最初は足がしびれたはずです。しびれない方が、おかしいのです。ひっくり返っても「あたりまえ」、恥でもなんでもありません。誰も笑ったりしません。

それに「腹が裂けるなー」とか考える人間なんか、おりゃあしません。

あたし「あたしぐらいですよ」

ウィルス「これは、あほです」

ただ、ご病気かなんかでどこか手術をされているお方は、坐禅の前にお知らせしたほうがいいでしょう。坐禅はお腹を力いっぱい突き出し、背筋をまっすぐにして長時間同じ姿勢でいますから。もし、お腹や背中に傷痕があると、かなり引きつります。我慢大会ではありませんから。それから痔と腰痛のお方、これは、考えただけでもつらそうです。それから別に足なんかひん曲げる必要はありません。なんでも、椅子坐禅というのも聞いたことがあります。

坐禅をやってみようとお思いでしたら、その辺のことを考えて自分のペースでお始めくださいませ。くれぐれも、あたしみたいに馬鹿なことは考えないように、お願いしますよ。

では、座りましょう。坐禅の始まりです。

え、すぐには、座らないんだ。そうなのです。坐禅をするまでには、とんでもない作法が待っていたのです。

堂内を進む時は「叉手(しゃて)」にする。胸の前でキチッと組んでおく。第一歩を踏み出すときは、右足から。坐禅堂の「境の柱」を越える時は、柱側の足から越える。「入る時は左足」「出る時は右足」。まず、入堂すると直ちに立ち止まり、正面の「聖僧様(しょうぞう)」に「合掌(がっしょう)」「低頭(ていず)」。姿勢を正して「叉手」に戻して、右足から歩みを始め、「聖僧様」の後ろを通り自分の座る位置まで進む。自分の座る位置に置いてある坐蒲をほぐして坐蒲の位置を決める。立ち上がり姿勢を正して坐蒲に「合掌」「低頭」。そして、右回りに回り、対座に向かって「合掌」「低頭」。それから、ゆっくりと坐蒲に座ります。

ウィルス「なんじゃこりゃ」

あたし「お、憶えられん」

ウィルス「そりゃそうじゃ。あほじゃもの」

曹洞宗の坐禅は壁を向いて座ります。坐蒲を右手で持って右回りにグルリと回り、壁に対面するようにします。『面壁』と言います。

副住職「これで、座るところまできました。初めからもう一度やってみましょう」

あたし「はい」

では、立ち上がって坐禅堂を出ます。「坐禅をとく」と言いますが、これにも手順があります。

始めるのと同じくらい作法があるのです。ちょっと省略させてください。

坐禅堂をいざ出ようとしたら。

副住職「違います！」

いきなり怒るんです。坐禅堂の「境の柱」を越える時は右足です。あたしは左足で越えました。もう何回、怒られたんでしょう。厳しーい。これではまだ、坐禅には入れません。入堂から着座まで一人でできなければなりません。こ、こんなの一回で憶えられるわけがない。また、最初からやり直しです。何度もやり直すうちに右手のつけ根から、胸の筋肉が引きつりました。激痛です。脂汗が出ます。

あたし「しばらくお待ちを。右腕のつけ根が引きつりました」

副住職「はい、待ってます」

和尚さんは涼しい顔でお待ちです。あたしゃぁ、誰も見てなかったら転げ回っていますわい。十分ぐらい右肩から胸のあたりを揉んでいましたら、だんだんと痛みが薄らいできました。

あたし「やっとで、痛みが和らぎました。大丈夫です。続きをお願いします」

副住職「では、最初からしましょう」

坐禅堂の「境の柱」を越えて退堂。

副住職「違います」

そうでした、右足で越えなくてはいけません。また、怒られた。厳しーい。すぐに、回れ右をして、坐禅堂に入ります。自分の座る坐蒲まできて、まず「合掌」。

副住職「違います」

そうでした。「坐蒲をほぐして」立ち上がって「合掌」「低頭」でした。ま、こてんぱんにされながら坐禅を始めるところまでたどりつきました。座って「印」をつくりましたら、

副住職「そのまま一チュウお座りください」

坐禅の開始でしょうね。どれくらいの時間、座るのでしょうね。「一チュウ」ってなんでしょう。ちょっと長めのお線香が、一本燃え尽きるまでの時間を「一チュウ」と言うそうで、「一チュウ」はだいたい四十五分ぐらいだそうです。

でも、そんなことは知りませんから、あたしは「終わり」という合図の鐘があるまで、必死になって座るだけです。

しばらくすると、一人おいでになりましてあたしの右隣にお座りになりました。しばらくすると、一人反対側の対座にお座りになりました。気配といいますか、衣擦れの音で、だいたいの立ち居振舞いはわかります。落ち着いたものです。対座の人は、坐禅が始まったら気配がなくなってしまいました。

ウィルス「ふぇ、ベテランさんです」

コーン、コーン、コンコンコン「木はん」が叩かれ、坐禅をしているから大声や大きな音を立ててはならないとの合図です。それから座る者は早く来いという合図です。打ち終わると、

次に住職が坐禅の姿勢を見て回られます。そして、住職の奥様が、坐禅の唱歌をお歌いになって。

歌い終わると、鐘が三つ鳴って「止静（しじょう）」です。これからが、動けません。天井が落ちてきたら、頭のテッペンで支える気迫で、座ります。今度は、副住職が姿勢を見て回られます。早速一回目の姿勢を直されました。やっぱり、肝臓のある右腹をかばって、右に傾きやや右前にくぐまっていたようです。

やっぱり引きつるんですね。お臍（へそ）の少し下に両手で「印」を結んでいますから、その手で体が前に傾かないよう、必死で支えます。

あたし「よーし、なんも考えないぞ……」

ウィルス「なーんて、嘘、嘘。考えないなんてできません」

あたし「痛い、つらい、背中、お腹、首、もー痛い、まだ終わらないの。長いな、しんどいな、これでいいのかな」

普通にしてた時より、よっぽどたくさん考えてますよ。

ウィルス「まったく」

今度は「警策（きょうさく）」を持っての見回りです。ぶっ叩かれるのですかね。姿勢が悪かったり、寝ていたりしていたらバシッとやられます。あたしの姿勢がいいはずはないのです。

ウィルス「ギョ、あたしの後ろで立ち止まったぞ」
あたし「なむさん、なむさん」
副住職「右に傾いております。背筋をもっと伸ばしてください」
ぶっ叩かれませんでしたが、注意されました。。初心者ですもの「バシッ」とした途端に卒倒したら困りますものね。はい、これで二回目の修正。
めっちゃくちゃ痛くなりました。脂汗が流れます。足はしびれずにいますが、お腹と右脇が引きつるような痛みです。なんと言いましょうか、お腹の奥に熱いお湯を注がれているような痛みです。ズッキン、ズッキン、何糞。これよりは「レバー焼き」のほうがもっと痛かった。まだ、我慢できんことはない。
あたし「何糞、まだまだ、こんなもんじゃあ、死にゃあしません」
ウィルス「おい、来たでー」
またじゃ。巡回してこられた。やっぱり姿勢が崩れています。また、直されました。三回目の修正。
えっ、今お腹の中で何か外れたような感触がしましたぞ。
ウィルス「おい『プチッ』っていうたぞ」
あたし「ギョエー」

とんでもない激痛が、体中を駆け巡ります。イテー、痛い。とうとう大腸と肝臓の癒着したところが外れたようですわ。自分でもはっきりと、その感触が実感できます。

あたし「とうとう、外れた。これからが本格的に、イタイゾー」

ウィルス「惨いな。こりゃあ、痛いぞ」

あたし「このまま我慢していたら、きっとどうにかなるわ」

ウィルス「でも、我慢せい」

どうせ死ぬ気で来ています。死んだら通夜は、このままここのお寺さんですませましょうわい。家を出る前、連絡用にお寺さんの電話番号を、異常に大きく貼ってきました。

あたし「本望よね」

ウィルス「でも、頑張れー」

あたし「こんなんで死んだら『閻魔大王』に笑われますわい」

ウィルス「何糞、こな糞。頑張れー」

こんなことばっかし思いながら、どれくらい座ってたんでしょう。すると、カーン、カーン、鐘が二つ鳴りました。「経行(きんひん)」の合図です。「経行」というのは長時間の坐禅の合間に堂内を静かに歩行し、足の疲れを取ることです。歩く坐禅といいましょうか。端(はた)から見ると止まってるのと同じですが、あたしには、さっぱりわかりませんので、お隣さんの真似をするだけです。

十分ぐらいお堂の中を歩きましたか。でも歩いた距離は、一メートルちょっとです。カーン、鐘が一声。「経行」の終わりです。わけもわからずに坐禅の再開です。これで二チュウ目を始めたということになります。

足を組んで、背筋を伸ばして、はい。いざ開始。

あたし「痛い。限界よ」

ウィルス「こりゃあ、お陀仏じゃわいなー」

今度は坐禅の途中ですが、副住職の声がかかります。

副住職「お手持ちの経本をお出しください」

え、「経本を出せ」とな。ああ、あるわ。坐禅の始まる前に「ポケットに経本を入れろ」と言われていますので。でも、坐禅のままで唱えるらしい。『普勧坐禅儀（ふかんざぜんぎ）』を唱えるのでしょうか。

ウィルス「しかし長いですぞー」

あたし「ほんまじゃ。やる気らしい」

副住職「フカンザゼンギーィーイー」

参禅者全員「ターズヌルニ、ソレ、ドウモト……」

『普勧坐禅儀』をゆっくりと唱えるのです。この速度だと三十分はかかりますぞ。あたしゃぁ声が出ません。お隣さんを見ますと、両手で高々と経本をお持ちでお唱えです。あたしゃあ片手で経本を持って、もう片方の手で体を支えます。支えがないと倒れちゃいます。あとは口パク。

情けないものです。パクパク金魚みたいにしてましたら、やっとで『普勧坐禅儀』が終わりました。また、経本をポケットに入れて坐禅を再開します。もう、限界です。狂いそうですわい。もういかん。もういかん。また、しばらく座っていましたら、カーン、鐘が鳴りました。終わりです。これで二チュウ目が終わりました。鐘が一回しか鳴らないということは、本日の坐禅は終了したのですかね。

しかし、今度は出にゃあなりませんが。退出の仕方を忘れました。お隣さんが歩き始める合図をくれます。どうにかこうにかお隣さんに助けられて、無事に退出できました。

それに、なんとか生きてますわ。

あたし「よっかったー　生きてて」

ウィルス「ふん！　この意気地なし」

でも、よかったですよ。なんとか耐えることができて。

副住職「これから『諷経(ふぎん)』します」

な、なんですって。「諷経」ってなんでしょう。さっぱりわかりません。皆さんの真似をしとけばいいのでしょう。ふーん「般若心経(はんにゃしんぎょう)」を読むのか。それから「回向(えこう)」ねぇ。うひゃぁ、本格的ですねぇ。

あたし「お、ここは、お寺ですもの」

ウィルス「シー、あほ」

そうこうしているうちに住職の奥さんが、お茶とお菓子の用意をして、本堂にお起しです。これから、お茶を飲みながら、和尚さんのお話があります。「行茶(ぎょうちゃ)」というらしい。

副住職「本日は、よくお起しくださいました。今日から西村さんがお座りになりますので、よろしくお願いします」

あたし「西村といいます。よろしくお願いします」

副住職「なんでもインターネットで知り合った、HIROさんのご紹介で、おいでなさいました」

男性「ああ、あの方ね。近頃受戒(じゅかい)されましたな」

女性「はい、あの方ですね」

なんじゃい、みなさんのお知り合いか。でも、あたしを入れて参禅者三人の坐禅会です。アットホームでいいですなー。もっと大勢で座る坐禅会もありましょうが、これでしたら初心者のあたしでも安心してこれます。でもまあ、あたしゃあ、初めてでもありますし、みなさんのお名前も知りません。借りてきた猫みたいに、縮こまっていました。三十分ぐらいお話をしていましたでしょうか。

副住職「では、本日はこれにて。ご苦労様でした」

と、みなさん一斉に「合掌、低頭」「お疲れ様でした」。いざ、車に乗り込んで、失礼しようとしましたら、本堂の回廊から副住職が一台一台に『合掌、低頭』してお見送りです。圧倒されたとは、ま、この姿のでかいこと、でかいこと、とんでもない大きさに見えます。圧倒されたとは、このことでしょう。背はあまり高くないと思うのですが、でっかく見えます。

帰りの車は、えらく気持ちがいいのです。一種の達成感とでもいいましょうか。でも、お腹は痛い。体はシンドイのです。でも、なんともないような顔をしていないと、次回のお許しがでません。元気よくしなければなりません。

あたし「たっだいまー」

お腹が痛いなんて、絶対に言えません。

ウィルス「やっぱりお腹の中が、どうにかなってるわ」

それでも、お風呂から上がって、今日の坐禅の復習です。すぐ、何かにメモしておかないと忘れてしまいます。物覚えの悪い頭を嘆きながら整理してましたら、十二時を過ぎちゃいました。

あやふやなところもありますが。ま、そのうち思い出すでしょう。
あたし「あー、シンドイ。痛いなー、もう寝よう」
ウィルス「おやすみ」

無茶をする

蒲団の中に入ったのですが、お腹が、痛い、痛い、一睡もできません。お腹が異常に痛いので、トイレに行ってみますと、完全な下痢です。でも、出しても出してもスッキリしません。何回目かのトイレのときです。

あたし「なんじゃこりゃ」

とうとう、真っ黒なウンチが出てしまいました。コールタールみたいなウンチ。これが血便というものでしょう。腸から出血があるという証拠です。肝臓と腸の癒着した部分が剥がれて、どっかから出血したことは間違いない。

痛い、しんどい、熱もあるみたいです。お腹をさすりさすり汗を拭き拭き、朝を迎えました。今日は日曜日なので、一日中寝ていても大丈夫です。

あたし「今日は、寝とく」

かあちゃん「一晩中ゴソゴソしとったな。こっちも寝不足よ」

あたし「ごめん、ごめん。お腹の調子が悪くって。今日は寝るわ」

かあちゃん「うん」
あたし「じゃ」
　朝になって下痢の方は少し治まってきましたが食欲がまったくありません。相変わらずコールタールみたいなウンチがときどき出ます。昼間は起きあがる気にもなりませんですが、夕方になって、やっとで起き出します。
あたし「ちょっとは楽になったかな。やれやれ」
　少しは食べておかないといけません。明日は月曜日です。急ぎの仕事もあるので休むわけにはいきません。
あたし「おかあさん、おかゆ食べるから作って」
かあちゃん「食べるの？」
あたし「少し食欲が出た」
　無理やりおかゆを飲み込んで、早速、坐禅の練習を始めます。
ウィルス「ムチャですがな」
　かあちゃんの目も、あほと言っています。まずは昨日の復習からです。メモ帳を読み返して始めます。ムチャは承知のあほ之助。あほになりきりましょう。
　昨日のことなんですがねぇ、忘れています。わかっていたつもりでも、体が覚えていません。

何度も順序を間違えます。坐禅どころではありませんわ、頭の中はパニックです。

ウィルス「あほ、止めろ」

あたし「情けない」

頭もいかんですが、体もいかんです。二十分で、もういけません。すぐに横になります。今度はメモ帳を清書しましょう。これだと寝てでもできます。でも、こんな状態で明日は出勤できるのでしょうか。目いっぱい不安です。

ウィルス「あほ」

あたし「何糞。こな糞、今からが正念場じゃ」

コールタールみたいな血便が出るなんて、そうめったにはありません。あたしには「肝硬変」も「食道静脈瘤」もあります。もし、吐血するか下血したら「救急車で大学病院に、すっ飛んでこい」と言われています。

しかし、今回のは「食道静脈瘤」が原因での下血ではありません。あたしにも原因はわかっています。どこがどうなったか、だいたいは想像がつきます。ですがなぁ、こんな状態でしたら普通は病院に行きます。このまま放っといて、お腹の痛みがなくならなければ最悪どうなるかぐらいは、わかってるつもりです。が、行きません。病院には絶対に知られてはなりません。わかっているのです。こんなの見せたら「即、入院じゃ」と、言われることぐらい。

ウィルス「こんな、ばかなことは、くれぐれもなさいませんように」
あたし「しないですよ」
ウィルス「おまえさんは、やった。あほ」
あたし「はあ」
もう、寝ましょう。休息が今のあたしにとっては一番の薬でしょうからなぁ。さすがに昨晩からほとんど寝ていないので、すぐに寝つくことができた。でも、熟睡はできなかった。夜中に何度も目が覚めます。朝になったら、仕事に行かなければ、なりません。弱みを見せては、なりませんぞ。
あたし「オハヨー」
かあちゃん「オハヨー　大丈夫かい？」
あたし「うん。なんとか大丈夫。会社には行けるよ」
普通なら、とっくに休ませてほしいと電話していますが、急ぎの仕事が待っています。今日は、休むわけにゃあいかんのです。
あたし「ヨッシャ！　行くど」
ウィルス「へ、屁にもならない、から元気」
いざ出勤してみると、やっぱりいかんかった。あたしの仕事は、パソコンにしがみついていればいいのですが、ほとんど仕事にゃあ、なりません。

あたし「こんなんでしたら休めばよかった」

昼休みになりましたが、食欲はありません。うどんを半分ほど飲み込んで、今度は休憩時間を利用して坐禅の練習です。

ウィルス「ばか!」

休んどけばいいものを、会社には古くなったパソコンや机などが置いてある倉庫があります。その倉庫を少し片付けて練習開始です。誰かが入ってきたら、驚くでしょうね。変なおっさんが、丸く切った段ボールの上を、ブツブツ言いながら座ったり立ったり、周りをグルリと回ったり。こりゃあ、どう見たって変なおっさんですものね。

あたし「頭がおかしいと、思うで」

ウィルス「あんた、もう、おかしい」

何度も繰り返し立ったり座ったり。記憶をたどりながらメモを見ながら練習しました。でも、どうしても思い出せないところがあるのです。メモ帳にも書き落としています。ある部分だけが、はっきりしません。自分の座るところまで来て、まず坐蒲に「合掌」してから坐蒲をほぐすのかなぁ。それとも、先に坐蒲をほぐして、それから「合掌」するのかなぁ。

ま、エエわい。先に坐蒲をほぐして「合掌」する。これで行こう。まあしかし、しんどい、しんどい。

座ってみると二十分がしんどいこと、しんどいこと。それに、座った後は必ず下痢をするのです。次の日も同じようなもので、やっぱり座るとしんどいです。そして四日目、今日は大学病院の予約の日です。

小西先生は一目、あたしの顔を見るなり、変な顔をする。

小西先生「あれ、青い顔してますね。何かありましたか」

あたし「別に大したことはありませんが、ちょっと下痢ぎみで」

小西先生「そうですか。ではそこのベッドに寝て、お腹を出してください」

「触診」といって指であばら骨の近くを強く押し、肝臓の大きさ、硬さを診察します。この先生も長く診てもらってます。「わしの指はの、黄金の指よ。肝臓じゃったら超音波診断よりよおわかる」と、ほんとか嘘かわからんが、力いっぱいあばら骨の隙間から指を押し込まれる。

普通でも、痛いのですが。今日は、特別です。これをされたのでは、痛くてたまりません。

あたし「今日はお腹が痛いんで、お腹を触らないで、ほしいんですが」

小西先生「そうかい。ま、長年、西村さんとつき合ってますからな。肝臓の状態は、だいたいはわかる」

そうなのです。あたしは大学病院のこの先生とは、十年来のつき合いです。あたしの体のことは、だいたいわかってしまいます。今日は、なんとか誤魔化して帰らなければなりません。「坐禅したあと、下痢が続いて血便も出た」なんて、絶対に言えません。

「坐禅なんかもってのほかじゃ」と、怒られることは目に見えてますから。でもなあ、さすがにこの小西先生にも、白髪が目立つようになってきた。ほかの患者さんも、予約の時間が同じような人とは気安くなってくる。でもなあ、一人、二人と見ないようになる。寂しいもんです。年賀状も出しても、返事も届かんようになる。死んだとか、挨拶のハガキが来ることもある。やりきれんです。

じゃが、あたしゃぁ、まだ、心の折り合いがつかんです。どうも、すっきり、いかんです。

あたし「先生、下痢止め薬、ください」

小西先生「下痢止めね。いいですよ。じゃあ、採血して薬をもらってください。今日はこれで、いいですよ」

あたし「ありがとうございました」

小西先生「はい。お大事に」

まあ、この先生には黙っておこう。あとは、自分の責任じゃや。このまましんどいのが続くようじゃったら、その時になって、また、考えましょう。

いまは、体より坐禅じゃあ。

ウィルス「やけっぱち、じゃあ」
あたし「そんなこたぁ、ないて」
病院から会社に直行します。その足で倉庫に行って練習します。今日は、午前中は病院ですから、昼まで年休です。まだ、時間まで二時間もあります。しっかり練習できるでしょう。
さて、練習開始。「あははっ」、坐禅の練習はよかったのですが、後がいかん。
仕事ができませんわい。しんどい、しんどい。
ウィルス「だめじゃ。帰って寝たら」
とうとう、一日年休に変えてもらって帰ります。家に帰ったら、かあちゃんがビックリしています。
かあちゃん「どうしたん」
あたし「風邪ひいたみたい、病院から薬をもらったから、これ飲んで寝る」
かあちゃん「ふーん」
何か、薄々気がついているみたいです。そりゃあそうです。病院からもらったお薬は下痢止め薬です。風邪薬には見えますまい。
夕方になっても、体はしんどい。おかゆを食べて、今日も寝ちゃいましょう。でも、次の土曜日までには、この体、回復するんでしょうかね。不安になってきました。

なあに、どうせ明日は来ます。ちょいと、一休み、一休み。

あたし「おはよっ」

かあちゃん「おはよっ」

ウィルス「あれっ。軽そうじゃね」

不思議と朝から体が軽い。調子がいいみたいです。会社に行って、お昼休みに坐禅の練習をします。座るまでの作法やら手順は、だいたい憶えました。今日は、段ボールの間にウレタンを詰めて、チョット高さのある、クッションみたいな物を作りました。

これに座って、坐禅の開始です。まあ、本式の坐蒲みたいにはいきませんが、調子いいですぞ。

ウィルス「ぐふふっ。でも変な格好ね」

三十分座ってみたのですが、しんどくありません。これなら大丈夫そうです。午後の仕事もまったく問題ない。

ウィルス「調子、エエじゃあ」

あたし「でしょう。お腹も痛くないのよ」

今日は食欲もあります。夕食も久しぶりにお腹いっぱい食べることができました。食後に坐禅の練習をしましたが。これまた大丈夫、なんにも問題はない。この分だと土曜日の坐禅は完壁じゃい。時間を延ばして四十分。おおっ、大丈夫じゃあないですか。しんどくない。まあ、腰が痛いのと、足が痛いのは仕方ありません。でも、座れます。昨日までと比べたら嘘みたいです。体が軽い軽い、どうしたわけでしょう。

あたし「よし、このままこのまま、明日になってくれれば、もっといいのにな」

ウィルス「この、あほ凡夫。調子がエエね」

あたし「あほですよーだ」

これで和尚さんに自慢ができますぞ。久しぶりに今日は、ほんとに熟睡しました、目覚し時計が鳴っていることに気が付いたのは十分もベルを鳴らしてからです。もう、チョットで遅刻です。やばいやばい。おお、今日も目覚めの時の感じは、いいではありませんか。バッチリです。朝ご飯を腹いっぱい食べて、快便して、歯を磨いて、出社です。

さて、いよいよ、明日は土曜日です。わくわくします。やっぱり凡夫です。「よく、練習されました」の、一言が聞きたいのです。

あたし「きやっほー。行くど、和尚さん待っとれよ」

ウィルス「あほ」

土曜日は、朝から、ソワソワしてます。ばかですねー。おお、夕方の七時になりました。

あたし「行ってきまーす」

かあちゃん「行ってらっしゃい」

　行きの車の遅いこと、のろいこと、普通より倍の時間がかかった、気がします。玉照院に着くと、早々と副住職がお待ちです。

あたし「今晩は、今日もよろしくお願いします」

副住職「今晩は、どうぞ」

あたし「では、失礼します」

副住職「西村さん、この前、頂いたメールを読ませて頂きました。だいたいのことは、わかりました。それで腕から胸にかけて引きつったのですね」

あたし「それもありますが、右のお腹を病んでいますので、坐禅中は右に傾きます。どうも無意識に傷を、かばっていますね」

副住職「それは、回数を重ねると、直るものです」

あたし「はい」

副住職「でも、坐禅においでになった西村さんは、普通の人と一緒に扱います。ご本人さんもその方がいいでしょう」

あたし「ありがとうございます。あたしもその方が、よろしゅうございます」

副住職「あ、それから気になっていたのですが『叉手』の位置が低すぎます。胸を張って、みぞおちのところで組んでください」
あたし「はい。まだ、みぞおちのところの傷が盛り上がっておりますので『叉手』にすると傷に手がふれます」
副住職「無意識に、体が逃げていたのですね」
あたし「この位置ですね」

エエ目印じゃあないですか。傷の上にしっかりと「叉手」をすればいいのです。

副住職「はい。では、始めましょう」
あたし「あ、和尚さん。今回は一人でやってみます。間違えたらご指摘ください」
副住職「わかりました。見せていただきます」
ウィルス「自信を持って、行け」

お堂内は「三黙堂」といって、無言でなければなりません。和尚さんは指導のため、声をかけられますが、参禅する者は「くしゃみ」も憚(はばか)られる神聖な場所です。やっぱり、自分の家や会社の昼休みに座るのとは、わけが違います。身が引き締まります。

スッ、スッ、スー。「合掌、低頭」して面壁して、座ったぞ。

副住職「たいへん、よろしゅうございます。このまま、一チュウお座りください」
あたし「合掌」

最初の坐禅と比べると、嘘のようです。楽に座っています。どうも肝臓のある右側に傾くのですが、その都度、和尚さんが直してくれます。こりゃあしょうがない、まかせよう。あとは、まったく楽なものです。あっという間に二チュウが、終わってしまいました。足は痛いが、お腹は痛くない。あとは、退堂するだけです。

そして『般若心経』『回向』を唱えます。一般の参禅会の場合はだいたい「行茶」がありまず。お茶を頂いて和尚さんと、参禅者が気楽にお話をすることです。

住職「西村さん。大変よろしゅうございました。見違えるようでしたぞ」

あたし「ありがとうございました」

副住職「これは、相当、練習されましたな。もう、何も言うことはありません」

ぐふふ、これを待っとったのよ。

あたし「ざまあみろい」

ウィルス「あほ、わかってないなー」

一時間も、お話されていたでしょうか。まだまだ、新参者のあたしゃあ、みなさんの会話についていけません。坐禅のなんたるかを話しているようです。

あたし「わからん」

副住職「本日は、これで解散いたしましょう」

参禅者一同「ありがとうございました」

まだ、二回目ですわ。でも、これで続けられそうです。無茶をしましたが、なんとか体も、もってくれました。あとは、ぼちぼちです。ぼちぼち、やって行きましょう。

あたし「ウィルスさんよ。同行で、行こかい」

ウィルス「あいよ」

ドドリゲスとモンテクリスト

仏教やら坐禅やら、難しゅうていかんですね。息抜きも必要です。今度は、家で飼ってるペットのインコと、ハムスターのお話でもしましょう。インコのカブリッツキーノ・シャベリターノ・ドドリゲスはバツイチです。一回結婚したんですが奥さんが死んでしまわれた。名前はカブリッツキーノ・シャベリターノ・フランソワでしたが三年前です。かわいそうなことをしました。しかし、なんと格調高い名前ですこと。ほんとは雑種なんですけれどね。黄色いのと、青いのと、白いのが混ざってます。ご近所のインコが三羽も子供を作ったらしく「一羽あげるわ」と、フランソワがもらわれてきたんです。本音を言うと、あたしゃぁ、インコはあんまり好きじゃあないの。

南米の鳥やわね。やかましいこと、やかましいこと。気が荒いっていいますか。なんか日本の文化に合いません。それに、この鳥にとっては日本じゃ、ちょっと寒すぎるのです。南国の鳥ですものよけいです。

暖かい故郷がエエのでしょう。昔に無理やり連れてこられたのでしょうが、よけいなことをしたもんです。誰も好き好んで籠の鳥になったわけじゃあなかろうがね。日本のインコは外じゃあ死んでしまう。日本の気候はこの鳥にゃ合いません。生涯、家の中で籠の鳥ですよ。まあ、人間もよけいなことをするもんですわ。

もう、何代も何代も籠の生活が長いから、だいぶん優しくは、なったらしいのです。じゃがフランソワは、これがメスでも、とびっきり気が荒いのです。

意地悪しとるわけでもないのに、なんででしょうか。ウンチの掃除とか水替えとか人の手が近づくと一目散に飛んできて指をガブリ。すると、間髪を入れずにグリッとひねりが入る。そして雄叫び「ギャ、ギャ、ギャーッ」見事なもんです。じゃから、ファーストネームはカブリツキーノなんです。

しかし指は、たまりません。叫び声が「ギィャーッ」。こっちで「アレーッ」。お陰で人間の指は、バンソウコウだらけです。何回もバンソウコウを貼り直しながら手なずけようとしましたが、あたしゃぁみんな見事に挫折。これがまた、前にも増してやかましゅうなった。「ギャ、ギャ、ギャーッ。ギッギッギー。グチュグチュ。ギャーギャー」。籠の側を誰か通るたんびにバタバタ飛び跳ねる。中でバタバタするもんじゃから。抜けた羽やら、餌のかすやらが飛び散るわけよ。これが人間様の食事中にするもんじゃけぇ、もう大変。わけのわからん物が空中から降ってくる。

ウィルス「きったねー」

これが、いつもじゃもの困ったもんです。そこで、人間だけの勝手な会議が始まったのであります。

あたし「なんでこう、気が荒いんじゃろ?」

全員「うーん」

としまさ「いじめ」

かあちゃん「いいや、可愛がっとるよ」

かあちゃんは、自分の子供より可愛いいんじゃあないかと思えるほど、可愛がってます。

ウィルス「嘘は言って、おらぬ」

めぐみ「思春期なんよぅ、ボーイフレンドがほしいんだわ。きっと」

かあちゃん「そうか。それが一番あやしい」

あたし「そういう問題と、違うと思う」

まあ、あたしの意見なんか通りません。そして、ある日突然オスのインコがなんの前触れもなくフランソワの家へやって来たのでした。

インコは「〇〇玉」がありませんから、オスかメスかよくわかりません。さすがにペットショップの店員さん。簡単に見分けるのじゃが、どこを見てるのかな? 不思議です。

でも、やっとこれで一件落着と思ったのは人間の浅はかさ。次の日に、このインコについた名前が、カブリッキーノ・シャベリターノ・ドドリゲス。名は体を表わす。だいたいおわかりですな。カブリッキーノ・シャベリターノは、フランソワの名前の由来と一緒ですわ。ドドリゲスは「ドドッ」と鳥籠を揺らしながら襲いかかってくるので「ドドリゲス」。

通称ドドくん。あーあ、カブリとシャベリとバタバタが二倍になっちゃいました。また、このドドくんのくちばしがめっぽう強い。引っ越したその日にプラスチックの止まり木を真っ二つ。ポキッと折ってしまいました。

そこで、またいらん人間の思惑が働くんですな。

あたし「くちばしの威力を試したいな」

ウィルス「面白そうじゃ」

頼まれもしないのにまあ。一家の主としてわが家を代表して「ああ、怖いなー」。あたしが恐る恐るボールペンを差し出してみたのです。すると「ギャッ」と叫んで「ガブッ、グリッ」。ボキッと一瞬で真っ二っ。

ウィルス「恐ろしく強えー」

あたし「ゾゾゾゾゾーッ」

めぐみ「ヤベー」

かあちゃん「ヒエッ！」

こりゃあ、たまりません。それからの餌と水は、かあちゃんが替えてます。ほかの人間じゃあ、とてもとても。まあ、成り行きといいますか一番慣れておって。元のペットショップへ追い返すわけにもいきませんし。まあね、人間の思惑とは別に、当のインコ同士は仲が良かったのです。

無事に結婚式もすませたみたいなんで。家中で「いつ卵を産むのかな？」と、心待ちにしておったのです。

ウィルス「何事(なにごと)かいな」

ある夜、突然大騒ぎを始めたのですが、夜中でもありましたし放っておいたのです。すると、朝になったらフランソワが落っこちてます。どうも冷たくなっている様子です。

あたし「ありゃりゃ！」

かあちゃん「どうしたの。かわいそうに」

あたし「早く出してやらないと」

ドドくんが睨みをきかせているので無防備に手を入れるわけにはいきません。

軍手を二重にはめて、手を入れると、ギャーギャー喚いて襲ってきます。軍手に齧り付いてくちばしを振り回しておりますが、軍手には勝てません。無視してフランソワを取り出し、よく見るとお尻に血がついてます。そのうえ何か卵の白身らしい物まで出ています。
あたし「おかあさん、これ」
かあちゃん「かわいそうに、お腹の卵がつぶれたの？」
あたし「昨日、騒いどったでしょう」
かあちゃん「お腹を、ぶっつけた」
あたし「どうも。そうらしい」
かあちゃん「ふーん」
ウィルス「やばい雰囲気……」

それからのドドくんは、独身のまま。再婚の予定はまったくありません。インコのバツイチのできあがり。それでもドドくんは何事もなかったかのように、朝から「ギャーギャー」喚いてます。特に人間の食事が始まると、そのやかましいこと、やかましいこと。
「バタバタ。ギャーギャー。ガチャガチャ。バタバタ」
めぐみ「やっぱり、寂しいのかな」
かあちゃん「ふーん」

でも、だぁれも「メスを飼いたいな」とは言い出しません。
ウィルス「一生、バツイチ。じゃね」

あたし「どうも。そうらしい」

おお、もうひとかたいました。モンテ・クリスト伯爵。これがわが家のハムスターに付けられた名前です。愛称、モンテくん。性別はオス、大きな「〇〇玉」を持っとられます。その立派なこと立派なこと。

ど、デカイ。普通のハムスターの二倍はあります。でも「〇〇玉」がデカイのはモンテくんが初めてではありません。実は、モンテくんの前に「岩窟王」と名前のついたハムスターが住んでいました。愛称は岩くん。ヒマワリの種を咥えたまま、昨年の夏に死んじゃいました。大往生です。

普通ハムスターは、一年半ぐらいの寿命なのですが、岩くんは二年以上も長生きしたのです。その岩くんの「〇〇玉」もデッカかった。

歩く時は両足の間で、そりゃあ苦しそうに、プルン、プルン。もし岩くんの体の大きさを人間ぐらいの大きさにすると「〇〇玉」は一個で人間の頭と同じぐらいの大きさです。これと同じ大きさの「〇〇玉」を人間が持っているとすると。とてもとても。

ウィルス「信楽焼きの狸」

あたし「西郷隆盛さん」

ウィルス「えっとー……。あ、失礼！」

あたし「脱線してしまいました」
えー、岩くん。そう岩くんが死んだ時、かあちゃんがひどく寂しがりましてねぇ。次の日には「ペットショップに行ってくれ」と言います。あたしもちょっとは寂しかったので、その週末にかあちゃんと一緒にペットショップへ行ってみました。
元気そうなハムスターが十匹ぐらい、ゴソゴソしてます。
かあちゃん「かわいいー。どれにするかね？　おとうさん」
あたし「一番小さいやつ」
かあちゃん「オス？　それともメス？」
あたし「オス」
一番小さくてかわいいやつを一匹、わが家に連れて帰ったのです。
娘も息子もかあちゃんも、大騒ぎ。もう、さっそく名前をつけてもらっています。
めぐみ「岩ちゃんが岩窟王、だったからー。えーと」
かあちゃん「モンテ・クリスト」
ウィルス「ヘッ、なんと」
何も考えていない命名式です。同じですわ。モンテ・クリストが岩窟王なのですからなぁ。
それからというもの岩くん以上に可愛がられて、みんなから、しょっちゅう餌をもらっています。また、このモンテくんの食いっぷりがエエのです。餌をあげる側に立って、気を遣っているのでしょうか。もらった餌は全部その場で口の中に押し込みます。

ハムスターは、頬に袋を持っていて食べきれない餌をこの袋にしまいこみます。そして、袋にしまった餌は自分の巣の近くに貯め込んでおいて、お腹がすいた時とかに、後で取り出して食べるのです。ハムスターにすれば本能の行動なのですが。モンテくんは違います。口の中に押し込まれた餌は、すべて胃の中に落ちていきます。貯めることをしません。

かあちゃんは、モンテくんの巣の周りの掃除をしながら。

かあちゃん「あれ、この子は餌を貯めていないねー。餌が足りんのかねー」

と、言いながらまた餌をあげています。食べっぷりもエエのです。

もう、おわかりと思いますがね、ぶくぶく、ぶくぶく、太る、太る。体はたった一カ月で普通のハムスターの二倍。当然「○○玉」も二倍になっちゃいました。

ある日、あたしが仕事から帰ってみると。めぐみが「キャッ、キャッ」笑い転げながらモンテくんと遊んでいます。

めぐみ「おとうさん。モンテくんのお腹がつっかえて、歩けないのよ。あーっ、はっはっ」

あたし「なにーぃ」

テーブルの上に置かれたモンテくんは、お腹がつっかえて、手足がしっかりと届きません。

爪がかすかに届くだけです。テーブルの上で、カシャ、カシャと、音はしますが前に進みません。そして、ひっくり返されると起きあがれません。

こりゃあ、ハムスターというよりも、モグラです。

めぐみ「キャハハッ、おっかしーぃ」

冗談じゃありません。すぐにモンテくんを、料理で使うテーブル計の上に載せると、また太ってます。

あたし「おかあさん。モンテくん、また太ったー」

かあちゃん「えー。げっ、ほんとじゃぁ」

かあちゃんは『ハムスターの飼い方』という本を持ち出して体重を見比べてます。

かあちゃん「ギャッ、二倍……。これじゃあ、死ぬよー」

肥満はいけません。糖尿病で早死にします。さっそく、ダイエットの開始。カロリー制限に有酸素運動。人間と一緒です。カロリー制限は厳しいもので、ヒマワリの種は一日十粒だけ。そして運動。

まさかハムスターに首輪を付けて、ジョギングさせるわけにはいきません。ペットショップへ行っていろいろな遊び道具を買って来ますが、すぐに飽きてしまいます。だんだんと新しい遊び道具が増えてきて、モンテくんの居場所がなくなってきました……。

一番落ち着く餌入れの中で、ドベーッと、伸びた「岩窟王Ⅱ世」の誕生です。
最近ではモンテくんの愛くるしい眼差しに負けたのか、ヒマワリの種が一日二十粒に増えたみたいですが。
かあちゃん「なかなか、痩せんなぁ」
ウィルス「無駄ですよっ。このおやじさん、隠れてヒマワリあげてまーす」
あたし「シーッ」

ベテランさん

新参者のあたしゃ、だいたい一番に来て座っています。もう、だいぶん慣れてきましたから、和尚さんが後ろを通られても別に緊張もしなくなりました。最初の頃は和尚さんが後ろを通ると「叩かれりゃぁすまいか」とドキドキでしたが、やっと慣れてきたのでしょう。これで少しは上達したのかなと、勝手に天狗になっておったのです。

しばらくして女性の方と男性の方が、いつものように来られます。一カ月近くもこのメンバーでしたので、ここの参禅会はこじんまりして、エエなーと、思っておったのです。

これで今日のメンバーも、全員揃(そろ)われたのか。

ウィルス「よしよし」

ガラガラガラ。

あれ、誰かおいでになった。スッススー、シュルシュル、ピタリ。こ、こりゃあベテランさんじゃ。あたしの背中、ちょうど反対側に座られました。

ガラガラガラ。

また、誰かおいでになった。スッススー、シュルシュル、ピタリ。うわっ今度もベテランさんじゃ。今度の方は、あたしの座っている場所の隣の隣。一つ飛ばして左の坐蒲に座られました。まさか、坐禅中に首を回して見るわけにはいきませんが、足の運び方、衣擦れの音からだいたいは想像がつきます。

躊躇することなくスッと入ってきてピタッと座られます。と、とんでもない猛者ですわー。ドキッ、ドキドキドキ、心臓が爆発しそうです。あたしゃあ、もういけません。こじんまりした参禅会なんて、あたしが勝手に決めたこと。

あとは、もういけません。「どんな人かなー」「男の人らしいがなー」「怖いなー」勝手に頭が妄想を膨らませます。曹洞宗の坐禅は、何も考えないことを要求されますが、実際にはなかなか難しい。

しかし、坐禅が始まってすぐに、こんな調子じゃあいけません、坐禅どころではありませんまい。

カーン、カーン、カーン。「止静鐘」が鳴ってしまいました。参禅会は、坐禅の始まる前には自分の座る所ですでに座っていなければなりません。坐禅の始まる時間になると、和尚さんが鐘を鳴らして合図されます。

これが「止静鐘」です。坐禅の始まる合図なのです。これからは「ピクリとも動くな！」という合図です。今からが坐禅の開始ですぞ。

どうしましょう。すでに体が前後左右に揺れてます。グラグラしています。頭でなんやらかんやら考えてしまうと姿勢すら崩れてきます。

恐ろしいものです。背中が洗いざらいしゃべっているのです。背中ですから自分では隠しようもありませんが。脂汗を流しながら、グラリ、グラリ、していましたら、
ビッシー、警策の音で、ビクッ！

あたしが飛び上がってしまいました。実は、警策の音を聞くのは、今日が生まれて初めてなのです。真反対の方向から、聞こえてきましたので、さっきのお方です。バッシー、また、警策です。さっきのお方が、また、警策でブッ叩かれています。まだ「止静鐘」が鳴って十分も経っていません。寝る暇なんかあるはずがない。ましてや私みたいな、新参者であるはずがありませんから、体勢が崩れることもないでしょう。だとすると、ご自分で警策をお求めになったとしか考えられません。

ヒエー、恐ろしいことです。

やっと自分の坐禅をねじ伏せて「こんな物か」と思っていた自分のちっぽけな傲慢を、今のビッシーで弾きとばされてしまいました。有頂天になっていた自分がいかに頼りなく、独りよがりで、小さかったか、思い知らされました。

ああ、ガクッ、腰砕けですわ。ノホホーンとしていたのは、あたしだけみたいです。やっぱりここは修行の場所、仏道を修行する厳格な坐禅道場なのです。

自分ながら情けない。うわ、うわしていましたら、今度も後ろの方で警策がバッシー。さっき警策をお受けになった方とは違います。今まで穏和な顔をして、静かに座っておられた方です。ひょっとしたら、私の考えている以上の猛者なのかも知れません。もーいけません。脂汗を流しながら耐えてます。全力で背骨を支えていないと、ひっくり返ってしまいそうです。

精も根も尽き果てました。肩で息をするようになっちゃあ、おしまいです。散々です。だいたい道場にお集まりのお方は、どんな参禅者なのでしょう。お名前も誰一人知りません。何も知りません。今おいでてなさる、すべての人をまったく知りません。

ウィルス「あほ」

まったくです。膝が震えてきました。印を結んだ手の親指まで震えてきました。もう耐えられません。限界じゃぁ限界。もーいかん。

それでも、脂汗を流しながら耐えていましたら、カーン、カーン。「経行鐘（きんひんしょう）」です。坐禅を中座する合図です。

一チュウ終わったです。立てますわ。

一チュウ終わったら「経行」といって、坐禅を中座します。足の凝りや疲れを取るため、半歩ずつのゆっくりした歩行をします。立ってもいいのです。これでみなさんのお姿を見ることができます。対座に礼をしますと、おいでになります。作務衣を着て、頭を坊主にしたお方です。これは足元にもおよびません。きっと、どこぞの和尚さんでしょう。私の左でお座りになっている方は普段着ですが、見るからにベテランさんですわ。あっというまに「経行」が終わりました。

意義を正して、もう一チュウ。今度は坐禅の途中から『普勧坐禅儀』を唱えます。うわ！声がエエです。低音で朗々とお唱えです。うわ！

あたしゃぁ、うわ！　うわ！　言って、アップアップしています。『普勧坐禅儀』を唱えるほど余裕がありません。パクパク金魚です。まったく声が出ません。

情けないことです。パクパクしてましたら『普勧坐禅儀』も読み終わり、そのまま坐禅の続行。しばらくして、カーン。鐘が一声。

終わりの合図です。坐禅道場から外へ出ます。外に出ると本尊さんの前で「諷経」です。「諷経」とは、お経を声を出してお唱えすることです。

この「諷経」には住職の奥様もこられて、一緒に『般若心経』と『普回向（ふえこう）』を唱えます。

奥様「まあ、今日はベテランさんばっかり」

あたし「やっぱり」

あたしゃあ、一番末席でちぢこまってます。カーン、チーン、チーン、チンチンチンチーッ。ガバッと低頭。三拝（さんぱい）も風格が現われます。私にはとてもとても真似できるものではありません。「諷経」が終わったら、お茶とお菓子が出されます。今日こられたベテランさんは頂きますどころか、全員が席につかないうちからパクパク、ゴクゴクやっとられます。足を投げ出し「おい、こらっ和尚、久しぶりじゃのぅ」

あたし「ヒエ！」

あたしゃぁ、またちぢこまります。なんにも言えません。ただ、頭を前後に振っています。こりゃあいかん。この人たちのように、ひょうひょうと座って、パクパク食って、ゴクゴク飲んで、なーんも、なかったような顔は、いつになったらできるのでしょう。

ウィルス「だめだこりゃあ」

あたし「まだまだ、蚤の心臓じゃ」

でも、やっと皆さんのお名前がわかりました。石川さん、兜（かぶと）さん、日比野（ひびの）さん、女性のお方は永末さんとおっしゃられます。永末さんでも、もう三年間通いづめですって。ほかのお方は、もう十年以上ですって。あたしゃ、まだ二カ月のぺーぺーです。

ウィルス「貫禄が違うわけだ」

あたし「納得」

帰り際に永末さんが、だめ押しを一発。

永末「十年新参、二十年中堅、三十年でやっと迷わず、修行は一生。死ぬまで、座るんです」

あたし「一生?」

ウィルス「この、新参者め」

何年したら一人前に扱ってもらえるのかなぁと思っておりましたが、見事に打ち砕かれてしまいました。

修行は一生。二カ月では、話になりません。

あたし「ブクブクブク」

ウィルス「沈んでいます。凡夫が一匹」

風邪をひいて坐禅したらぶっ倒れた

十二月に入って最初の頃は、調子よく過ごしていましたが、中旬頃にひいた風邪をこじらせてしまって、もう今日で三日も寝込んでいます。今月の終わりには入院というのに、風邪なんかひいとる暇なんかありません。

普通でしたらね、病院に入院するんですもの、病院で風邪ぐらい治してもらえばいいとお思いでしょうが、あたしの場合はそうはいきません。大学病院で待っている治療は、風邪をひいていてはできません。

体調を万全にしておかないと体がもちません。年末から連続で治療に入ります。まともに歩くことも、立つこともできなくなるかも知れない治療なのです。

小西先生「この治療は医療行為とはいえないけれど。もう、これしか残ってない」

あたし「そうですね。今までいろんな治療をしてきましたが、なーんも効果がありませんものね」

小西先生「そうなのよ。わしゃぁ大学病院で何十年も肝臓の悪い患者を診てきたけれど、あんたみたいに頑固な肝臓はおらんでー」
あたし「はーそうですか。あたしも先生と十年以上のつき合いじゃものね」
小西先生「わしが死ぬまでにゃあ、なんとかせにゃ」
あたし「何言っとるんですか。先生がおらんようになったら、あたしの肝臓、誰に診てもらうんですか」
小西先生「そうよのー。なんとかせにゃいかんが、この治療は、どうなるかわからんよ。やったことないいんじゃからの」
あたし「大丈夫ですよ。まだ、体力は十分あるし」
小西先生「やるか！　じゃけどのふらふらになるでー。歩けんようになるで」
あたし「そんなにひどい貧血になりますか？」
小西先生「体の中の血を半分ぐらい、いっぺんに抜く。ひどい貧血にせにゃあ、効果が出んと思うんよ」
あたし「ほかにないんじゃからやりましょう」
小西先生「そうよの、年末からするかー。会社も休みが取りやすいじゃろう」
あたし「じゃあ、年末年始の休みを利用して入院しますよ」
小西先生「わかった。年末の二十九日に入院してくれるかな。その日から、血を抜くことにしよう」

あたし「わかりました。やりましょう」

なんじゃと思われるかも知れませんが、超ハードな治療になる予定です。無理矢理に血を抜くのです。それも大量に抜くのです。献血でも一度に四〇〇ccです。それを五日間連続で抜くらしいのです。まあ、一回献血すると最低三カ月は次の献血をしてはいけません。なくなった血を新しく造る期間が三カ月かかるからです。一般的に事故かなんかで一度に一・五リットルの血を失うと生命が危険になるそうです。大丈夫なんでしょうか。こんなにいっぺんに抜いて。体に与えるダメージは想像がつきません。血を失うということはそれほど体に負担をかけるのです。ですから風邪なんかひいとる暇なんかないのです。でも、ひいちゃいました。

ああ、十二月の初めに話しを戻しましょう。

ウィルス「すんませんなあ話が前後して」

十二月一日から八日まで「摂心（せっしん）」があります。この期間はお釈迦様が悟りを開かれた故事にちなんで行なわれる「摂心」です。禅宗では特に大事にします。この期間に行なわれる摂心は、特別に「ロウハチ大摂心」と言います。お坊さんとか雲水さんは、八日間ブッ通しの坐禅ですわ。早い話、朝四時に起きて坐禅の開始、それから一日中、夜の九時までの起きている間は坐禅しっぱなし。「摂心」というのは、昼夜を問わず坐禅に専念することなんです。

坐禅堂の退出を許されるのは、洗顔とお便所ぐらいですか。食事は坐禅堂で座ったままでいただきます。寝る時も坐禅堂の中で寝ます。坐禅堂は、三默堂の一つですから当然声は出せません。食事の時でもだめ。沢庵を噛む音もいかんのです。

そんな修行を八日間ブッ続けです。

あたし「あたしにゃあ、とてもとても」

ウィルス「あったりまえじゃ、この新参者めが」

あたし「は、ははー」

でも、修行の身ですから新参者のあたしでも、まねごとぐらいはしなければいけません。仕事が終わったら一目散にお寺さんに駆けつけて坐禅します。夜の九時まで座ります。これを十二月一日から八日までです。

毎日ですからだんだんと疲労が蓄積されてきます。石川さんも、さすがに足が痛くなったって言うていました。あたしもつらかったですが、ま、なんとかつとまりました。

自分でもよくやったですよ。ほめてやってくだされなぁ。

あたし「やれやれ」

ウィルス「ま、ご苦労さん」

永末「無事に『ロウハチ大摂心』も終わりましたね」

和尚「『摂心』とは、ほど遠いですな」
永末「はあっ」
和尚「こんなの『摂心』などと言うたら、どこいらで本格的にしているお寺さんに笑われますわ」
あたし「がっくり」
　もぉちょっとほめてくれてもエエのにな。
ウィルス「こら！　このあほ凡夫。ほめてもらうために坐禅するのかい。あーん！」
あたし「ブクブクブク」
　また沈みます。こりゃあ、もうちょっと修行がたりません。このあほ、もうちょっと娑婆の会社でサラリーマン……ん、あれ！「は、はっくしょん」。
　八日間、ずーっと寒かったのです。それに疲労もあったのでしょう。それからすぐに風邪を引いちゃいました。風邪は引き始めが肝心じゃというのに仕事には行くし、休みになったら買い物に行ったスーパーでうろうろするし、で、とうとうこじらせてしまいました。熱は出るし、咳は出るし、喉はとびっきり痛いし、会社の診療所で注射を打ってもらって、薬をもらって。
　今日で三日も寝ています。薬のおかげで熱と咳はおさまりましたが、まだ、布団の中でグズグズしてます。

あたし「坐禅があるわな」
かあちゃん「何?」
あたし「坐禅に行ってくる」
かあちゃん「へ、その体で」
あたし「大丈夫、座るだけだから」
かあちゃん「バーカ」
あたし「うん、バカと思う」

たった今まで寝ていましたので、頭がフラフラします。

ウィルス「行っちゃえ」

今日をのがすと次は、いつお寺さんへ行けるかわかりません。今年最後の土曜日なのです。来週の月曜日から大学病院へ入院しなければなりません。いったん入院したら、今度はいつ退院できるかわかりません。

あたし「行こう」

こんなんで、坐禅ができるのでしょうか? そんなものやってみなければわかりません。ぶっ倒れるかなーと考えながら、作務衣に着替えています。

かあちゃん「ふーん、行くんだー」

自動車に乗り込んで、エンジンをかけて。帰ろうかなー、帰ろうかなーと思い、思い、お寺さんに着いてしまいます。車を降りると、やっぱりフラフラします。

あたし「さ、上がるか」

熱っぽい体には、寒さが身にしみます。ブルブル、ブルブル震えがきます。奥歯のガチガチ鳴る音が頭に響きます。痛いようです。さて入堂。作法どおり坐蒲について坐禅開始。

ウィルス「あれ⁈」

左足の膝が畳についてないよ。

あたし「おっかしなこともあるものよのー」

と、考えながら座っています。和尚さんが何度も、あたしの姿勢を直しにこられます。

あたし「おっかしいな⁈」

自分では真っすぐのはずですが。あれ、あれ。やっぱり左足が浮いてる。やっとで気がつきました。平衡感覚が狂ってます。真っすぐに座ることができない。意識して、何度も左足を畳につけるのですが、すぐに浮いてしまいます。

ウィルス「こりゃあ、あきませんぞ」

あたし「こりゃあ、止めじゃ」

一チュウは、このまま我慢することにして。二チュウ目は止めましょう。「カーン」「カーン」

鐘が二声して、坐禅の中断の合図です。これから坐禅を解いていきます。
ウィルス「よっこらしょ」
あたし「あれれ」
体が右に持っていかれます。ポテ！
あたし「ありゃりゃあ、こけちゃった」
ウィルス「ブサイクじゃわなー」
でも、声を上げるわけにはいきません。両手をついてゆっくり立ち上がり、
あたし「あれ」
ウィルス「グラグラしよるね」
こりゃあ、いけません。雲の上を歩いてる心持ちがします。
あたし「坐禅堂を出て、帰ろう」
「経行」ですが、皆さんとは反対に歩いて堂外に出ます。一人で坐禅堂を出てみなさんのお姿を見ていると、なんとも寂しい思いがします。ありゃあ、永末さんが出てこられました。坐禅堂の前で声を出すわけにはいきませんから廊下に出ます。
永末「どうしました?」
あたし「風邪を引いておりまして」

永末「大丈夫ですか?」
あたし「あんまり大丈夫ではないのですが。月曜日から入院しますので、今年最後の参禅ですから無理を承知でやってきました」
石川「どうしました」
あたし「あ、石川さん、すいません。風邪を引いてついさっきまで寝てましたから、平衡が取れません。これ以上坐禅を続けることができませんから帰ります」
石川「そうでしたか、西村さんが出て行かれるので、どうしたのかな? と思いました」
あたし「どうぞみなさん、坐禅にお帰りください。私は帰ります」
永末「西村さん、これをどうぞ」
あたし「はい?」
永末「これは、匂い袋です。病室にお持ちください。お勉強の時にでも線香代わりに、お使いください」
あたし「ありがとうございます」
石川「病室で坐禅なさいませ、周りの患者が驚きますぞ」
あたし「はい、そのつもりです」
ウィルス「とんでもないやつらじゃ。病院でお経を読んで坐禅をせい、と言うちょる」

永末「では」
石川「では」
あたし「では、失礼します」
　皆さんは、坐禅に戻られました。あたしゃ、帰りましょう。大失敗です。止めればよかった。
坐禅でもなんでもないものを、やってしまいました。
あたし「ただいま」
　おー、寒ぶ。体が冷え切っていますから、お風呂に直行です。
　電話が、プルルッルル。プルルッルル。
かあちゃん「おとうさん、お寺さんから電話よー」
あたし「はー？」
かあちゃん「これ」
あたし「もしもし」
和尚「ああ、玉照院ですが。無事にお帰りになっているかなー？　と、思いまして」
あたし「あれま、わざわざすいません」
和尚「大丈夫ですか」
あたし「お恥ずかしい姿を見せてしまいました」

和尚「いいえとんでもない。ちゃんと、作法にかなってました」
あたし「どうしても水平が保てません。仕方なく坐禅を中座しました」
和尚「いいですよ」
あたし「入院する前に、なんとか坐禅したかったのですが、できませんでした」
和尚「そんな時もあります。また、体調がよくなったらおいでください」
あたし「はい、ありがとうございます」
和尚「では、長くなってもいけませんから、ここらで失礼します。入院治療、頑張ってください」
あたし「はい」
和尚「では」

ガチャ。和尚さんにも心配かけちゃった。

ウィルス「すまん、こってす」

やっぱり、坐禅は修行です。「なーに風邪ぐらい」と思ってはなりません。みなさんも、調子の悪い時は、参禅なさらないほうがエエと思いますよ。

ウィルス「あったりまえじゃー、誰がするかい！　お前だけじゃい」
あたし「は、そうでした」

入院は何回目かいな

今度で何回目の入院でしょう。あんまり多すぎて回数を思い出せません。あたしゃあC型肝炎になってから、インターフェロン、ステロイド、免疫抑制剤など、肝臓の治療と考えられることは全部しました。もう現在の医学では、手の打ちようがありません。そこで、今度は思いっきり、原始的な方法でチャレンジです。

肝臓に溜まっているはずの、鉄分を抜き取ってみることにしたのです。人間の体には、いざという時のために必要な物を貯めておく機能が、あるらしいのですが。鉄も血を造るためになくてはならん成分です。これを主に肝臓が、貯めておるらしいのです。でも、鉄が肝臓の炎症に影響していることはわかっていたんですって。名古屋医大で肝臓の悪い人に血を抜いてみたらしいのです。「捨血療法」っていうのですが、ここの病院では誰もやったことがない。医学雑誌にこんなのが載っていますよ、と山岡先生から記事を見せてもらったことはあるのですが。まさか自分がやることになるとは思いませんでした。

小西先生「鉄を抜いてみたら、よくはなるはず。じゃが、どうなるかは見当がつかん」

ウィルス「おいおい」

あたし「大丈夫かいな？」

初めて聞かされた時はビックリしました。確かに炎症は肝臓に鉄が溜まるとひどくなるらしい。このことはNo２の南本先生も言っとった。じゃが、鉄を抜いてみて肝臓の炎症がおさまるかどうかはわかりません。一か八かの賭けなのです。中国地方じゃあ誰もやってみたことがないのです。ここの付属病院でも初めてやることなのです。

あたしの肝臓は肝硬変になってしまって、肝細胞もがん化しました。肝臓の機能も悪化するばっかし。まあ、今できることは肝臓の炎症を緩和する注射だけ。これも普通の二倍の量を毎日注射してもらって、それでも肝臓の炎症を示す数値は正常値の十倍以上も悪いです。ということは、健康な人に比べて十倍以上の早さで肝臓細胞が壊れてるということです。

ウィルス「やばいじゃあ」

あたし「そうよね？」

南本先生「この注射は、命の水じゃ」

と、言われています。毎日注射じゃね。

ウィルス「血管も穴だらけじゃ」

あたし「痛くて……」

ウィルス「痛かろうよ」

血管も硬くなって、注射針がスッと入りません。慣れた看護婦さんでもやっぱり痛い。注射も恐怖です。こんなに痛い思いをしてもさっぱりよくなりません。それに、このままでは肝臓がんの再発は、火を見るよりも明らかです。

小西先生「うーむ」

先生もあたしも悩んだ末の決断です。

あたし「少しでも可能性があるのならやってみましょうよ」

小西先生「でもなぁー」

先生も決断がなかなかできません。なにせやったことがないのですから。もう、三カ月も悩んでます。

肝臓の鉄を抜くことは、比較的簡単なのです。全身の鉄を少なくすればいい。

さて、いったいどうするのでしょう?。

ウィルス「えっと?」

あたし「あんたも、考えることがあるんだ」

ウィルス「ま、失礼な」

……

ウィルス「血を捨てる」
あたし「ピンポーン！」
　そうなんです。血を抜き取ってしまえばいい。血液成分に赤血球というのがありますよね。この赤血球は酸素を体内に送る役目をします。赤い色をして酸素を血の中に取り込んで、どうやって酸素を取り込むか？　といえば、赤血球の成分はヘモグロビンですが、このヘモグロビンには鉄が大量に含まれておるのです。鉄は酸素に触れると錆びていきますね。「酸化」という現象です。この鉄の酸化を利用して酸素を血液中に取り込みます。取り込んだ酸素は動脈を通して体中に運ばれるのです。
ウィルス「うひゃあ！　化学工場ですな」
　となると、この赤血球を捨てれば、当然の結果として鉄も捨てることになる。赤血球を捨てるということは、血を抜き取ってしまえばいい。
小西先生「やるか」
あたし「はい」
小西先生「ただし、貧血になるまで。一リットル以上はいっぺんに抜く」
あたし「なーんだ、簡単じゃ」
　血を抜くだけです。たいしたことはないでしょう。別に手術するわけでもないし。献血をちょっと多めにするだけ？
あたし「仕事しとってもエエのですかね」
小西先生「入院してちょうだい。貧血でフラッフラになるから。二、三週間の入院じゃがね」
まだ、この時あたしにゃあ実感がなかった。血液を一リットル以上いっぺんに抜くと、人間の体がどうなるかということが。
まっ、知らぬが仏で、のほほーんとして師走も押し詰まってから入院したのです。どうせ、すぐにお正月ですからなんにもせんでしょうよ。一通りの検査だけで年は越すのでしょうからねぇ。
ウィルス「正月は家に帰る気？」
あたし「そ、帰ります」
入院するとお決まりの検査があります。胸部レントゲン・腹部レントゲン・検尿・検便・血液検査です。毎年一回は入院しとるし、毎月診察しに外来にゃあ来ているじゃから、エエんじゃあないかと思うのですが、やっぱり毎回、同じようにするなぁ。まあ、検査だけでお正月は帰宅させてもらって、治療するのは年明けからじゃろうなぁと、勝手に思っておったのです。
ウィルス「あぎゃ！」
あたし「大間違いじゃぁ」

入院したその日に四〇〇cc血を抜かれました。まあ、大したことはありません。献血と同じ量です。次の日に四〇〇cc抜いて、また次の日に四〇〇cc抜いたですよ。治療といっても血を抜くだけじゃもの、簡単じゃあ簡単じゃ。しかし。

ウィルス「おいおい！」

あたし「これで三日間連続か、トータルで一二〇〇cc血を抜いた」

ベッドから起き上がるとフラッとする。なんかいつも息苦しい。心臓が変じゃ。

ウィルス「こんなことしても、エエんですか？」

一回献血したら、最低三カ月は期間を空けます。そうでないと二回目の献血はできません。

あたし「あれ！」

ベッドから起きるときにはゆっくり起き上がらなければ。ガバッと起き上がると、そのままグラリッとして、フッとなる。心臓もバクバクいっています。

あたし「よっこらしょ！」

外泊願いを出してきましょう。正月に病院のベッドでゴロゴロしているほど、つまらないものはありません。

ウィルス「フラフラしよるな」

あたし「やかましいわい。アッカンベー」

アッカンベーをしたら下瞼の裏は真っ白じゃ。外泊願いを出したら、もうすることがないから今日は一日ベッドの肥やしじゃ、ゴロゴロしとく。

ウィルス「へ！　さぼりじゃ」

あたし「ふん、これが貧血かぁ。けっこうきつい」

今日は十二月三十日です。もう先生方も年末年始の休みじゃろうに。何しにやって来たのかな。

ウィルス「何しに来たんじゃろ！」

あたし「なんも用事ないよな！」

予定の一リットル以上は抜いた。もう血なんかない。

相中先生「西村さん、今日も、四〇〇 cc抜くよ」

相中先生は、中堅の先生です。南本先生の助手みたいなバリバリのやり手です。No 3というところでしょうか。

あたし「えっ、抜くの」

相中先生「西村さんは元気で鉄も多いのよ。もう四〇〇 ccいこうと思う」

あたし「なんじゃいな、それ」

相中先生「人間の体にはね、急な出血の時とかに急いで血を造ることがあるかも知れんから、体に鉄が保存してあるの。『保存鉄』っていうんですが」
あたし「ふーん」
相中先生「西村さんは、たくさん保存鉄がある」
あたし「やっぱり、元気な証拠じゃ」
相中先生「ははは。でも今日これだけ抜くと動けなくなるかもね⁉」
あたし「なーに大丈夫よ。これだけ元気じゃもの」
ウィルス「ふん、から元気が」
相中先生「では、いきますかね」

針が血管に突き立つ時には音がするみたいです。ブッスッとね。なにせ一七ゲージという針の太さです。血管に刺す針としては、これ以上の大きさはない。

「まあ、腕の血管に五寸釘が突き立ってるみたい！」これはあたしが言ったのではなくて、あたしの担当の看護婦さんのお言葉です。

見るからにほれぼれする太さです。針もこれぐらい太いと痛い痛い。こんなもん血管に入るから不思議なものです。

あたし「あー痛！」
相中先生「ごめんねー。僕もこんな太い針は初めてなんです。あー、痛そー」

ありゃま、一〇〇ccも抜かないうちに早くも、ドクン、バクン、心臓が悲鳴を上げています。

ウィルス「なんじゃ、こりゃあ！」

頭がボーとして、気持ち悪りぃ。昨日までの血抜きと全然違う……。

あたし「しんどいぞー、先生しんどい」

相中先生「もうちょっと、がんばりましょう。はい。四〇〇cc抜きました」

あたし「あれっ、息がしんどい」

相中先生「うーん。今度はほんとにやばい量だからね。ベッドから起きる時とかは、充分に気をつけてね」

あたし「はぁ」

ウィルス「ふー」

いつまでたっても心臓が変です。四〇〇cc血を抜いたあとは水分補給の点滴です。たった今失った血液の水分補給と、電解質を補充しないと体がもちません。心臓が空回りします。

ウィルス「ふー」

今日で四日です。毎日ですから、一六〇〇cc血を抜いたことになります。実際には一回に血を抜く量は、比重やらなんやらで四五〇cc抜かれますので、全部で一八〇〇ccですね。ちょーど、一升ビン一本分です。

ウィルス「おい、こら！」

ほんまかいな？　怪我かなんかで、一度にこれだけ出血したら死ぬで！　無茶ぁしよる。

あたし「よっこらしょ」

二時間もかけて点滴も終わり。ちょっと息を整えて、ベッドを降りようとしたらグラッ！。

ウィルス「目の前、真っ暗」

あたし「こ、これは」

冗談じゃあ、ありません。前が見えません。ベッドに倒れこみました。

ウィルス「ハッヒー、ハヒー」

あたし「気持ち悪り」

冗談じゃあない。トイレに行かないと小水が漏れそうです。今まで暖かい血液が体の中を回っていたのに、四〇〇ccも抜かれて。今度は冷たい点滴液を六〇〇cc入れます。それも二時間もかけて入れるのです。

だいたい点滴注射の後って、小水がつかえますよね。あたしの場合は、暖かい血を冷たい水に入れ替えたようなものです。体の芯から冷やしています。それも今は冬ですわ。毛布をよけいにお借りしてブルブルいいながら、点滴するんです。

ウィルス「ブルブルッ寒い」

あたし「おっ、おしっこ！」

急いで行かなければ。……でも、起き上がれない。幸いにも電動ベッドでしたから、スイッチを入れて起き上がることはできます。

あたし「困ったなー」

歩けるかどうか不安です。グラッと来て、目の前が真っ暗です。ベッドにへたり込みます。

あたし「こ、こりゃあいけません」

足をつくどころではありません。立てません。

ウィルス「助けてー」

ピンポーン、ナースコールを押します。看護婦の高橋さんが出てくれた。

高橋「どうしましたか？」

あたし「あのートイレに行こうかな？　と、思ってるのですが、ちょっと無理みたいです。あのー、尿瓶(しびん)を持ってきてもらえますかー」

高橋「はい？」

あたし「あのー、歩けないのよ」

高橋「えー、行きます」

パタパタパタ。

高橋「西村さんどうしました」
あたし「あのね、どえりゃあしんどいのよー」
高橋「そういえば顔色悪いね。血の気がないね」
あたし「トイレに行こうと思ったら貧血でね、フラフラして歩けませんわ」
高橋「貧血かぁ、フラフラするかもしれんね。で、トイレまで無理ですか?」
あたし「よっこらしょ、駄目です。こりゃあ歩くとこける」
高橋「足元がおぼつかないね」
あたし「今、血を抜いててね。ヘモグロビンの数値はね。四日前に十七あったのがね。今は、たったの八だって」
と、言った途端、看護婦の高橋さんの顔つきが一変しましたぞ。
キィーン、すっとんきょうな声です。耳をほじくりながら、
高橋「何! 八」
あたし「うん、八」
高橋「あ、う、えっと。いったいどれくらい血を抜きました?」
あたし「えっと。まあ、一升ビンで一本ぐらい」
高橋「あ、う、はぁ! ば、ばかな。無茶だわ。動けるわけがないわ。こ、これからは、ベッ

ド上で生活してください。トイレもここでお願いします。食事は、看護婦が持ってきて、食器も看護婦が下げます」
あたし「はー」
高橋「お風呂、禁止。洗顔はベッド上でしてもらいます。当然電話は取りつぎません。お家に用事があったら、看護婦に言ってください。代わって電話します」
あたし「はー」
高橋「それからっと、そうそう、すぐに酸素吸入の準備をします。しんどかったら、すぐに吸ってください」
あたし「はー、あのー、おしっこ」
高橋「あっ、忘れとった」
パタパタッパタバタッ、かっ帰ってった。なんのためにきたんじゃ。
高橋「ごめーん、はい尿瓶」
あたし「ふー……あっ！　カーテン閉めてくれる」
高橋「ああっ終わったら、ナースコールしてください」
しかし、よく出ます。点滴の量とおんなじぐらい出ました。
ウィルス「なんのこっちゃ」

あたし「あーしんど」
　ピンポーン。
あたし「終わりました」
高橋「はい」
　パタパタッ、パタ。
高橋「私、五年くらいこの病院にいるけれど、初めてなのよ。肝臓疾患の人が血を抜くなんて」
あたし「ははは、先生も初めてですって。一人目です。実験ですよ」
高橋「だいじょうぶ？」
あたし「まあ、看護婦さんじゃから、体の状態はわかると思うけれど」
ウィルス「ありゃ、りゃ」
　看護婦の高橋さんの顔つきが、だんだん変わってきた。声もでかくなってきて、
高橋「こりゃあ、医療じゃあないです」
あたし「もう三カ月も前からですよ。あれこれ先生と相談して決めたのよ」
高橋「うーん」
あたし「無茶じゃぁ、思うけれど。『これしかない』という結論になったのよ」
高橋「無茶です。こりゃあ体がもちません」

あたし「まだ、始まったばかり。これから保存鉄がゼロになるまで、今度は毎週血抜きじゃ」
高橋「無茶です」
あたし「でも、成功したら『また、新しい治療方法が見つかった』ってことになりますよ」
高橋「肝臓がよくなる前に、体がもちません」
あたし「まあ、高齢の人には無理ですね」
高橋「いくら若い人でも、無理です」
あたし「まあ、そう怒らんと」
高橋「怒りますよ。こんなの医療じゃあない」
あたし「ははは っ、そうですか」
高橋「でも、もう血を抜かれた後ですからどうにもなりませんが、動かないでください。ベッドから降りないでください。これで倒れて怪我でもしたら整形外科に転科です」
あたし「はい」
高橋「絶対ですよ」
ウィルス「オー怖」
　何かあたしが悪いことしているみたいです。目が完全に据わってます。ブリッブリ、言いながらお帰りになりましたぞ。看護婦詰所で、なんて言って申し送りをしとるのでしょう。

です。

あたし「ギャッ」

あたしの名札に「赤い札」が張りついたのです。要注意は黄色です。危険な患者の場合は赤です。

ウィルス「危険人物なんだ」

危険人物ですか。まあ、動けませんものなぁ。

あたし「ぜーぜー、ひーひー」

ベッドに横になっていても、しんどい。ベッドを傾けてもらいます。足の方を上にあげて少しでも頭の方に血を落とします。

ウィルス「こんなんで、頭に血が行くのかね」

気休めかもしれませんが、なんにもせんよりゃあ、楽なような気がします。

でもね、でもね、わかってやってやっとるのです。あたしと、あたしの主治医の二人だけは本気です。よくなると思ってやってます。ほんとに本気なんですよ。ほかの若い先生も看護婦さんも「こんなもん治療じゃあ、ない」って言ってます。まあ、言われても仕方ないですがね。

あたし「あー、しんど。腹減った」

血を抜いた後は、お腹が空きます。あたりまえです。血液は体中に栄養を運んでいます。血を抜くということはエネルギーも一緒に抜くのです。だから体がエネルギーをほしがります。

失った栄養を補給しようとします。
あたし「腹減った。なんか食べたい」
あたしゃぁ食いしん坊ですから、いつも言ってますが、今回は参った。食事制限もしているのです。
ウィルス「ギョッ！」
それも徹底的な鉄分制限。はっきり言って食べるものがないのです。牛肉、豚肉、レバー、たまご、ほうれん草などなど、鉄分がありそうな食べ物は、完全にありません。
ウィルス「これが食事？」
こんにゃく、海草、ゼリー、これがメインディッシュで、りんごも食べさせてもらえません。パンもだめ。バターが入っているからじゃと。当然に牛乳もだめ。こんなことしていたら、栄養失調です。なんにも食べるものがないのです。隠れて売店で買い食いしようにも、そこまで歩いて行く体力がありません。看護婦さんにあんまりお腹がすいたので「なんか買ってきてちょうだい」って言ったら、
看護婦さん「だめですよ。制限食が出てるでしょう。我慢してください」
あたし「ぷくー」
ウィルス「あっ、ふくれています」

あっという間に五キロ痩せました。こんにゃく、海草やら食べとって、血を抜くのですから、どんなに痩せにくい人でも、絶対に痩せます。これ、ほんとのほんと。
大学病院ですからだいたい皆さんは公務員です。年末年始の休みがありますから、仕事始めまでほとんどの検査室やらはお休みです。
仕事始めでいきなり血液検査して、データを見ながらやってくるんです。
相中先生「うーん」
肝臓の数値がいいらしいのです。当の先生も信じてません。
ウィルス「おいおい、こらこら。あんたが疑ってどうするの」
相中先生「間違いかもしれん」
あたし「へ！　間違いね」
相中先生「もう一回検査しょう」
あたし「先生、疑ってどうするの。喜ばにゃあ」
相中先生「ごめん。わし、信じられんのよ」
ウィルス「なんじゃー」
あたし「あのね！　ま、いいわ。早いとこ検査して」
相中先生「それじゃあ、看護婦さんに頼んで来るわ」

ウィルス「あほ！」

激！　切れた。ま、なんと言うことでしょう。馬鹿にするにもほどがあるわい。ふくれますよ、ほんとに。

看護婦さん「西村さん、腕出して。はい、採血しますねー」

あたし「ふん」

看護婦さん「機嫌悪いねー」

あたし「……」

看護婦さん「はい、終わりましたよ。よく押さえといてね」

あたし「……」

看護婦さん「機嫌悪いね。じゃ」

あたし「ふん」

看護婦さん「ニコ」

ウィルス「あーあ、情けない」

看護婦さんに怒ってどうするの。われながら情けないわい。しかし、血を抜いている当の本人でさえ半信半疑です。

ウィルス「あれまっ」

もう結果が出たらしい。先生が検査結果を持ってきましたぞ。大学病院ですから超特急の緊急検査ができるのです。

相中先生「いいわ」
あたし「ふーん！　いいねぇ」
相中先生「やっぱり、いいわ」
あたし「数値は、どのくらい？」
相中先生「もう少しで、正常値」
あたし「たった、一週間やそこいらで、ねぇ」
相中先生「そうなんだわ！　やっぱ、効くわ」
あたし「よかった」
相中先生「でも、ほかの数値はひどいな。赤血球、白血球と、血小板なんかないで」
あたし「あのねぇ」
相中先生「血液中の蛋白質もない。保存鉄はこりゃあある」
あたし「先生、蛋白質がないということはどういうこと？」
相中先生「まあ早い話、栄養失調じゃね」
あたし「栄養失調？」

入院しとって、ちゃんと病院の給食も残さずに食べておいて、栄養失調はありますまい。

相中先生「まあ、肝臓の数値もよくなったことだし、普通食にもどしますか」

あたし「やったー」

相中先生「ふ、ふーん、外食して焼き肉はダメよー」

ウィルス「ギャヒン、知っとるで」

相中先生「看護婦さん、今日の夕食から普通食」

看護婦さん「はい。西村さん、よかったね」

そうなんです。入院してからの食事っていったら情けなかったです。普通食は大ごっそうです。

相中先生「じゃあ、明日。新年早々、四〇〇 cc血抜き」

あたし「がっくし」

相中先生「もう少しの辛抱じゃ、人間の体はよくできとってね。ヘモグロビンが少ないと、細胞一個一個の酸素吸着能力が上がってね。一個の細胞でも、ようけ酸素を運べるようになってくる」

あたし「でも、その能力の上がった血液細胞もまた抜くんでしょう」

相中先生「うーん、鋭い。いいところを突きますねー、でも全部抜くわけじゃあないから。抜く量も回数もだんだん減らしていくから。そのうち慣れてくるよ」
あたし「ふーん」
相中先生「じゃあ」
看護婦さん「頑張ってね」
あたし「はい」
成果が出ましたよ。これで、先が見えてきた、てなもんです。
ウィルス「どんどん、血、抜いちゃってください」
あたし「あーしんど」
同室の患者さんも喜んでくれます。お正月とお盆は動けない患者さんか重体の人は別にして、お医者さんの許可をもらって家にお帰りです。あたしのいる病室では二人が居残りです。寂しい、てなもんじゃあありませんわい。
それから、みなさんがぽつりぽつり病院にお帰りになって、正月はどこへ行ったやら、お酒を飲んだやら、うらやましいこと。よだれ、タラタラです。
ウィルス「あほ!　またじゃあこの。もーなーんも言う気せん」
でも仲間意識とでも言いますか、あたしのことも皆さんは心配してくれてます。
山本「よかったじゃぁ」

心筋梗塞で入院しておられるのですが、正月の御屠蘇は、ちょっとやりすぎたらしい。御屠蘇といっても一升は飲んだらしい。そんなもん自殺行為だわ。
内田「よかったね」
あたしと同じ肝臓ですが、あたしに比べたら軽い方です。
あたし「ありがとうございます。どうでした？　お家は」
内田「家に帰ると、つい飲んでしまうな」
あたし「はー、ビールですか？」
内田「そうよ。わしゃあ、ビール工場に勤めとるからね。会社帰りは会社の食堂で、休みは家で、毎日、飲んどるよ。量は減らしたけどね」
あたし「内田さん、思い切って、止めた方がエエんじゃあないのかな」
内田「医者も止めなさいって言うけど、だめじゃね。つい、飲んでしまう」
あたし「アルコールって、血液検査すればすぐわかるでしょう」
内田「なーに、酒飲んで死んだら本望よ」
そう言いながら、ビールの量を減らしていると言われます。ほんとうは、命は惜しいのです。
あたし「自分のことですよ、よく考えて」
内田「ははは っ」

人間は悪いとわかっていることをあれこれ理由をつけて言いわけしてやってしまう。山本さんなんか、次の日に心筋梗塞の発作をまた起こしてしまった。これが、お家でなくてよかったですよ。お家で発作が起きたら、死んでるところでしたわ。
あたしゃ、お酒は止めました。煙草も止めました。会社の同僚は、酒止めて煙草止めて、なんも生きとっても楽しみがなかろうにと言いますが、こんなことが楽しみなんでしょうか。煙草なんかほんとに止めてよかったと思ってます。お酒はねー、たまにどんな味なんかなぁと思ってしまう。

ウィルス「あほ!」

性根を入れ替えようと、入院しとる最中も坐禅だけはしました。

ウィルス「あほ、じゃわなー」

入院したその日に、病室の皆さんにはお断りをしておきました。

あたし「あのー、わたしは坐禅をしとるもんで。ベッドの上でも坐禅しようと思います」

向かいのベッドの山本さんが不思議そぉに、

山本「はーぁ、坐禅ですか?」

あたし「はい。まあ、一時間ぐらいですが、ご迷惑はおかけしません」

山本「あの、足を窮屈な格好にして、ですか?」

あたし「まあ、そうです」
山本「はあ」
あたし「すいません。ご迷惑はできるだけ、おかけしないようにしますので」
山本「はあ」
　いきなり血抜きが始まったのですが、坐禅も二、三日は調子よかったです。朝の五時に起きて、病院のパジャマの上から作務衣を着て。それでも寒いから、その上に袖なしを引っかけて坐禅開始。それから六時半までが坐禅タイムです。それを過ぎるといかんですね。ご迷惑になります。七時が起床です。そのころになると看護婦さんが、体温計を持って来たりします。朝の巡回ですね。だいたいその時間が七時なのです。でもねぇ、消灯時間が夜の九時でしょう。それからズーと寝てて朝の七時まで寝ると、十時間ほど寝ることになります。
ウィルス「無理じゃわなー」
　昼間もベッドに転がってるわけですから、昼寝もチョットはしますよ。だから夜いっぺんに十時間は寝れんよ。
　朝の六時ぐらいになると、ベッドからゴソゴソ起き出して、おしっこに行ったり、顔を洗ったり、自動販売機で新聞を買ったりしていますよ。まあ、部屋の電気はお点けにはなりませんが、ベッドについてる読書用の蛍光灯で、皆さん新聞をお読みです。ですから六時半ぐらいまでが、坐禅にはちょうどいいのです。
ジャジャ、ジャジャアー
カーテンを、跳ね開けられましたぞ。まだ、看護婦さんが見回りに来るにはずいぶん早い時間です。
看護婦さん「おはよー」
あたし「……」
看護婦さん「なんじゃー、びっくりした!」
あたし「……」
看護婦さん「西村さん、おはよー」
あたし「……」
ペシッ!
ウィルス「頭を叩くか」
看護婦さん「西村さん!」
あたし「なんかい」
看護婦さん「何しとるん?」
あたし「坐禅」

看護婦さん「ふーん、これがね。初めて見た」
あたし「テレビか何かで、見たことがあるでしょう」
看護婦さん「ああ、そういえばそうね」
あたし「なんか、用?」
看護婦さん「うんにゃあ、なんにもない」
あたし「じゃあ何しに来たの?」
看護婦さん「起きてるかなぁって」
あたし「起きてます」
看護婦さん「何時から起きて坐禅したの?」
あたし「五時過ぎから。かな?」
看護婦さん「へー、一時間もこのままで。ふーん、動かないで、ずーと」
あたし「はい」
看護婦さん「わたしにゃあ、できんわ」
あたし「せい、と言っとるわけじゃあないでしょう」
看護婦さん「そぉね」
あたし「あ、申し送りの時にね、朝、西村は坐禅してるから」

看護婦さん「はい」
あたし「『ほっといて』って、申し送りしてくれるかな」
看護婦さん「はい、よっ」
　これがいけんかった。次の日から入れ替わり立ち替わり、看護婦さんがやってきよる。わしゃあ見せ物じゃあない。そのうちこんなバカを見とってもしょうがないと思ったのでしょう。毎朝の看護婦さんのご訪問はなくなりました。まあ、たまにはズルしてもエエかなぁと思ってましたら、朝食を持ってきた看護婦さんが、
看護婦さん「朝、ごっ飯、でーす」
あたし「はい」
看護婦さん「動かないね」
あたし「はあ?」
看護婦さん「今朝、坐禅してる時、カーテンの陰からジーッと隠れて見てたけど、ほんとに動かないんだ」
あたし「あ!」
　あとで聞きましたら、どうせ誰も見てないし、まあ、十分もすりゃあ足を動かしたり、首を回したりするじゃろうと見ておったそうです。そしたら、十分たっても、二十分たっても、三

十分たっても、ビクリッとも動かん。もう飽きてしまって、途中で帰ったそうです。動いたら「話の種」にしようと思っとったらしい、この看護婦さん。

ウィルス「なんのこっちゃい。油断も隙もあったもんじゃあない」

でも、坐禅して『無』になるなんて思ったら大間違い。座ったことがある人はおわかりと思いますが、いろんなことを考える。足をひん曲げて、手を印に結んで体は動けません。自由なのは頭。頭は大丈夫、脳味噌は自由なんです。頭を動かして、いっぱい考える。頭の中は右往左往してます。

それに病院もいかんです。毎日のように人が死ぬ。だから考えることは生死のことばっかし。こんなもん凡人のあたしにゃ、わからんわからん。でも考える。やっぱりわからん。でも考える。やっぱりわからん。なんやらかんやら身につまされて、やっぱりわからんです。

ウィルス「わからんかー。あほ、めが」

しばらくすると体も貧血状態に慣れてきて、ベッドから降りて歩けるようにもなりました。先生の言ったとおりです。肝臓の数値も安定してます。退院の目途も立ってきます。「無茶じゃぁ」「そんなバカな」「なんで血を抜いただけで肝臓がよくなるの?」「信じられん」と、言われながらやってきたことも、無駄じゃあなかったわけです。

ウィルス「よかったね」

あたし「あんたは、いらん」
ウィルス「えへ、同行じゃ」
あたし「と、ほほほほほっ」
二人で修行道を行くことを同行二人と言います。「南無大師ウィルス金剛」じゃわい。
C型肝炎ウィルスさん、同行でまいりますか。

月に一度のブルーデー

退院したのは一月二十日で、翌日には会社に出社しました。貧血状態には、ある程度慣れてましたから、椅子に座っての仕事ですので大丈夫と思ったのです。

心配なのは朝と晩の通勤です。わが家は会社の社宅なのですが、社宅から会社まで一時間ぐらいかかります。自転車が十分、ＪＲが十五分、路面電車で三十分、あと徒歩で十分。この通勤がいかんのです。

駅のホームの階段の上り下りが大変です。でも、車で行くことはできません。あたしゃぁ自他ともに認める、とってもへたなドライバーなのです。

ウィルス「認めてあげる。ほんとにへたですわ」

通勤時間帯の車の渋滞なんか見ているだけでため息です。みんな目の色が変わってますよ。鬼のような形相じゃ。

あたし「怖いなー」

ウィルス「自信はないよね」

あたし「はい」
ウィルス「運転しないもの」
あたし「当然でしょうが。今の車はもう六年乗ってます。まだ一万㎞しか走ってない」
ウィルス「ぎょえー、車が腐る」
あたし「できるだけ、バスや電車を利用します」
ウィルス「しかし、これだけじゃあタクシーのほうが安いのと違う?」
あたし「はい、当然です。この前、かあちゃんが計算したら『タクシーのほうがはるかに安いわー』と、言っとりました」
ウィルス「もったいないなぁー」
あたし「はい、もったいないですね」
ウィルス「捨てればー」
あたし「まだ、動きます」
ウィルス「うーん」
あたし「うーむ、こりゃあ、やっぱり公共の交通手段しかありませんわ」
自転車に乗って家を出ましたが、なかなか前に進まんのです。
あたし「あれっ」

ウィルス「風もないし、坂でもない」
ペダルが、漕げません！
あたし「はー、はー、ひー、ひー」
まだかいな。息が切れます。いつも十分もあれば余裕で着いていたのに、二十五分もかかってしまいましたがね。
あたし「はー、はー」
ウィルス「急げ、遅刻するで」
今度は、駅の階段です。
あたし「ははは っ、ご安心あれ」
去年の暮れに上りのエスカレーターがつきましたから。
ウィルス「こりゃあ、安心」
あたし「これは楽です」
ありがたいですね。こういう時の文明って助かります。その後がいかん。満員電車に乗って、ギュウギュウの路面電車に乗り替えて、やっとこさ会社に着いたら。
ウィルス「あーしんど」
あたし「しんどいわー」

しばらくは、立ち上がれませんぞ。始業の前に体操があるのですが、できるもんですかい。心臓が口から出そうじゃわ。

ウィルス「ビックリ！」

自分のパソコンを立ち上げて画面を見るとメールの山です。メールの返事を、一日中書いていました。しかしまあ、なんと言いますか、仕事もずい分様変わりしたものです。

やっと終業のチャイムが鳴って、また、満員の電車に乗って帰ったのです。

あたし「しんどいわー」

ウィルス「大変じゃ！」

なんと一日の長いことか。貧血もここまでくると、とんでもなくしんどい。これから毎日です。

あたし「ヘーク、ションッ」

それも今は冬です。血液を抜かれています。赤血球と同時に白血球も血小板まで、タップリと抜かれています。

体の中に風邪の菌とかが入ってきた時に、戦ってくれるのが白血球です。これがないといけません。白血球がまったくなくなると、無菌室でしか人間生きていけません。「白血球も少ないよー」と、言われながら風邪の菌のようようよしているところに放り出されたのです。当然ですが風邪をひきます。

ウィルス「あったり前ですわ」

狼の群の中に子羊が一頭で、放り出されたようなものです。ちょうどインフルエンザが流行ってましたから、当然ですがインフルエンザにかかりました。

あたし「ヘーク、ションッッ。風邪引いた」

いたって当然です。インフルエンザで四十度近い熱を出して五日間も会社を休んでしまいましたぞ。

病院に行って山岡先生に診てもらったら、

山岡先生「仕方ないですね。しょうがないですね。体力もないしね」

ウィルス「おい、こら」

ほかに言うこたぁないんでしょうか。風邪薬と解熱剤をもらって「帰って寝ろ」だって。

ウィルス「ゴホ、ゴホゴホ」

土曜日と日曜日を合わせて、七日も寝こみましたわ。やっとで風邪も治ったら、今度は大学病院で血を抜く日になっちゃった。

あたし「先生？　インフルエンザで寝こんでましたが、今日も血は抜くのー」

小西先生「ま、今回は、許しちゃろう」

あたし「ほっ」

さすがに血は抜かれませんでしたが。体調が戻ったらすぐに血を抜くそうです。でも、先生たちにもよくわからんのです。入院中に相中先生は「血を抜いて肝臓の数値がよくなったら、ずーと抜く。止めれば数値は悪くなるはずですから」と言っとった。

じゃが、どれくらいの間隔で血を抜けば、数値が安定するのかがわかりません。

小西先生「一カ月に一回にしてみよう」

あたし「いつまで？」

小西先生「わからん」

あたし「はー？」

ウィルス「あ、女性にはちょっと失礼ですが」

小西先生「あのなっ女の人は、なっ！　一カ月に一回は血を流すでしょう」

あたし「ああ、月に一度のブルーデーですね」

小西先生「じゃから、月に一回ぐらい血を抜いても大丈夫よ」

あたし「しかし、あたしゃぁ男よ」

小西先生「変わりゃせんて。同じ人間じゃ」

あたし「そうかな？」

小西先生「そのうち慣れるわ」
ウィルス「ほんまかいな?」

この先生も男ですぞ、わかるのでしょうか。

やっぱり貧血で息切れはするし、急に立ち上がったりすると、頭がクラクラします。目の前が真っ暗になる時もあります。こんなこと前には一度もなかったのですが、今では日常茶飯事です。

あたし「あーしんど」
ウィルス「なかなか、慣れないね」

泣き言ばっかりいっていても仕方ありませんし、坐禅でもしましょうか。二月になって玉照院に参禅しましたら、永末さんが早速お誘いです。

永末「青山俊董老師の講演が、○○寺さんでありますよ」
あたし「ふーん。聞いてみたいですね」

青山俊董老師といえば尼僧さんでしょう。お書きになった本も読ませて頂いたこともあります。

永末「行かれますか」
あたし「はい、行きます」

平日の講演です。サラリーマンにとっては、平日の休暇は取りにくいのですが。なんとかなるでしょう。

さて、当日の朝起きてみると、もう三月というのに市内は、うっすら雪化粧です。寒い一日でしたが、けっこう盛況しとるのです。

ウィルス「ご熱心じゃ」

この寒いのに熱心な方も多いものですね。やっぱり男性は少ないです。スーツにネクタイなんて、あたし一人です。ご年配の女性が多かった。お若い女性もチラホラお見受けします。

青山俊董老師と見ればまだまだお若い。「老師」とお呼びするのは、かわいそうな気がします。可愛いらしいお人で、これほど可愛い笑顔のできる人は見たことないなーと思いました。

講演は『すずやかに生きる』という題で、道元禅師の書かれた『典座教訓（てんぞきょうくん）』を解説されていきます。あ、講演じゃあなくて、提唱（ていしょう）っていうらしいです。午前中二時間、昼休憩が一時間あって、午後に二時間半はありましたが『典座教訓』は三行ぐらいしか進みません。文字にして六十文字もいきましたでしょうか。

ウィルス「うひゃ！　ゆっくりしとるな」

『典座教訓』を全部やっつけるそうです。まだまだ、先が長い。こりゃ、いつになったら終わるのでしょう。春と秋の二回の予定ですって。何年かかるのでしょう。

でも、お話は面白かった。脱線のしほうだいで、ご自身の体験談を交え実例を示しながら、おっかしいのなんのって。また、泣かすのもうまい。女性の方はもうボロボロに泣いちゃって。しかし仏法の内容は、とびっきり難しい。『唯識（ゆいしき）』『華厳経』『正法眼蔵』『法華経』等々、ポンポン出てきます。

ウィルス「難し！」

お寺さんで宗門の人を対象にした提唱ですから、皆さんそれなりに勉強してるのかなぁ。あたしゃぁ、ついて行くのが精一杯。アップアップ言ってます。居眠りもせず一生懸命お話を聞きまして、わかったような気がしたのは一瞬です。すぐに仕事のやり残しが頭をよぎります。

ウィルス「あーあ！　情けない。今日一日ぐらい、すずやかでいたいのに」

あれして、これして。

ウィルス「あほ」

まだ、失礼もしていないのに、後片づけがあるでしょう。押っ取り刀で皆さんの後に倣って、後片づけ後片づけ。ほどなく後片づけも終わり、いざ失礼することになりましたが、

あたし「さて、どうやって帰ろうかなぁ」

ウィルス「だめじゃ、この凡夫、永末さんの車を狙ってますわ」

電車で会場へ行きましたので、帰りも電車しかありません。しっかしこのど田舎。

あたし「電車は一時間に一本だわなー」
と、わざわざ永末さんの目の前で途方にくれています。すると案の定です。永末さんが誘ってくれます。
永末「私は車で来ましたので、どっちみち同じ方向ですから、お乗りになりません?」
ラッキー! この一言を待っとったのよ。
あたし「えかったー。ここの駅はローカル線ですから、一時間に一本しか電車がこんのです。ありがとうございます」
永末「どうぞ」
あたし「では、来る時、自転車を置いてきたJRの駅までお願いしまーす」
ウィルス「無茶、言いよる。だいぶん遠回りじゃわい」
遠慮もなぁんにもせず飛び乗ってしまいました。車の中では根っからのおしゃべりオヤジのあたくしでございます。まあ、ぺちゃくちゃぺちゃくちゃ。また、一方的にしゃべるしゃべる。
ウィルス「このおしゃべりめ」
チョット反省して、永末さんのお話も聞いてあげないといけません。そういえば息子さんは、大学で仏教を選択しておられると、聞いたことがあります。
あたし「そうそう、永末さんの息子さんは大学へ行っておられるですよね。普段、お家におられないでしょうから、お寂しいでしょう」
永末「はい？」
あたし「今、ちょうど春休みですから、お帰りになっているのではありませんか？」
永末「帰っておりますよ。先月から家におります」
あたし「そうですか」
永末「今日は、福岡の方に遊びに行っているはずです」
あたし「でも帰っておられるのでしたら、賑やかでいいですね」
永末「うっとうしい。洗濯物が増えただけですよ」
あたし「ははは。では、ちょっとお伺いしますが、僧侶になるための勉強をなさっているのですよね。そしたら、ご主人もお坊さんなんですか？」
ウィルス「また、よけいなことを、このおしゃべりめ」
永末「いいえ。主人はコンピュータ関係の仕事をしております」
あたし「すると『お坊さんになろう』と、思われたのは、息子さんの意志ですか？」
永末「ええ、子供が一人で『坊さんになる』と決めました」
あたし「へぇーすごいですね。ところで、大学では曹洞宗の勉強をされているのですか？」
永末「いいえ、臨済宗です」

あたし「臨済宗のことはよくわかりませんが、臨済宗は曹洞宗より荒っぽいと、聞いたことがあるんです。ぶっ叩かれるんですか？」
永末「そうですねー。曹洞宗の警策〝きょうさく〟は、臨済宗の警策では〝けいさく〟と読みます。叩き方も違いますね。曹洞宗の警策は右肩に一回ですが、臨済宗の警策は両肩に四回で八回も息が止まるほど強く叩かれます。子供の背中を見ましたら赤く警策の痕がついていまして」
あたし「痛そー」
永末「ちょっとね、かわいそうです」
ウィルス「でも、いつ見たのかね？」
永末「まだ、学生なんだから手加減って、ねぇ」
しかし、もう立派な大人でしょう。自分で好きで打たれてるんだから。
あたし「私なんか、まだ一回も警策を入れてもらってません。『そろそろ、入れてもらおうかな』っと思ってます」
永末「だめです。今は体力が落ちているのだから、もう少しお待ちなさい。警策は逃げません。それに、今は和尚様が入れてくださいませんよ」
あたし「そうですね、わかりました。でもこの前、永末さんがお受けになった警策は、気合いが入ってました。隣で座っておりました私まで『ビシーッ』ときました」

永末「ははは っ。警策は『隣が震える』と言います。でも、この前の警策はよかったですね」
あたし「堂内に響きわたりましたよ。肩に痕ができたでしょう」
永末「はい、真っ赤。指先までしびれました。警策はあれぐらいがいいですね」
ウィルス「こりゃあ！」
永末さんには、かなわぬわい。ちょっとのあいだおとなしくしてましたが、しばらくするとおしゃべり虫がまた這いずり出して。
あたし「ぺちゃくちゃ、ぺちゃくちゃ」
これが、またしゃべるしゃべる。駅に着いたことにも気づかない始末で困ってしまいます。
ウィルス「まー、みっともない」
あたし「ふん、近頃、しゃべり足らんかったんよ」
次の日からは、また会社でパソコンと会話です。だいたいの仕事はパソコンの画面上で片がつきます。業務連絡もほとんどメールで行ないます。同じ部屋で仕事をしていても、今日は一回も言葉を交わさなかった、という社員が二、三人はいます。
つまらん世の中になったものです。ま、ぶつくさ言いながら、ぼちぼちやっているうちに土曜日がやってきて玉照院の坐禅会です。坐禅も終わりまして、おいしいお茶とお菓子のご接待を頂きながら、青山老師のことで盛り上がっています。でもね、老師のお話は大変素晴らしかったのですが、帰りの車内で聞いた、永末さんのお話がじんわり心に沁みてまいります。
母にとっての子供は別じゃ。手元を離れ、いい大人になっても、何歳になっても気にかかる。ちっちゃな隙をも見逃さんです。ありがたいものですなぁ。あたしの母親は青山老師より二つばかり若いです。田舎に一人で置いています。帰るとすぐに聞いてきます。
おふくろ「まだ、坐禅しちょるんかい」
あたし「うん」
おふくろ「叩かれりゃー、すまいの」
あたし「うん」
おふくろ「叩かれたら、言うんぞ」
あたし「ん、なんで」
おふくろ「なんでも」
あたし「……」

「南無　かあさまは　ありがたく」

南無かあさまは、ありがたく……。続きの言葉が浮かびません。

花の下に座る

　今年は田舎の「魚切の桜」を見損ないましたから市内の公園で花見です。どこの桜もエエですが、やっぱり「魚切の桜」も見たかった。
ウィルス「アホ！　未練じゃ」
　過ぎたことを思ってもしょうがない。今は公園の桜を見に来とるんですから。しかし皆さん、昼間っから盛り上がってますな。今日は天気もいいし週末じゃ。弁当を広げてビール飲んでエエですねー。
あたし「よだれがでそうです」
カラス「アホ、アホアホアホアホ、アホ」
ウィルス「自分で何言っとるのか、わかっとるのかね」
あたし「うん」
ウィルス「肝臓が悪い。わかるー」
あたし「うん」

ウィルス「アルコールは毒よ」
あたし「うん」
ウィルス「わかりゃあよろしい。しかし、なんで飲みたいとか思うんですか、あん！」
あたし「昔は、飲んでたでしょう。舌が憶えておるのです」
ウィルス「あほ」
あたし「はい、あほです」
ウィルス「……」
そうなんです。いつまでたっても思ってしまう。
あたし「ちょっとだけなら、エエのと違うんかいなー」
ウィルス「あほ」
あたし「エーエ、そうですよ」
あたしゃ、弱い人間です。坐禅したって、ちっとも強くなれん。いつまでもこれでエエんかい？　ほんとにこれでエエのですか？　と、くよくよしとる弱っちいです。
普通の人から見ると、窮屈な足の格好をして一時間も二時間もおるから、よっぽど意志のしっかりした、肝の座った者じゃろうと思われるんでしょうが、本人はいたって気が弱い、優柔不断で、いっつも、くよくよしよる。

あたし「よわっちい、です」
ウィルス「あれま」

坐禅を初めてやっと半年ですが、まともに座れもしません。気持ちもなんにも変わりません。以前、住職の奥さんが「坐禅は、いいですよー。姿勢がよくなる。呼吸も腹式呼吸でします し。西村さんの病気も治りますよ」とおっしゃられて。

あたしゃ、びっくりして言い返しました。

あたし「そんなことぁない」
奥さん「はっ」
あたし「坐禅と、この病気はまったくの別物。坐禅で病気が治るとは考えもしません」
奥さん「そうですかー」
ウィルス「プックーと、奥さんふくれたねー」
あたし「奥さんは、勘違いしとる」

坐禅の功徳なんて、ありゃあしません。「坐禅しても悟らんよ」って、道元禅師も言っとる じゃあありませんか。悟りもせん坐禅に功徳とか、ましてや病気を治す超能力なんてないです よ。

あたし「ない、ない、ない」

ウィルス「あーはっは。なんも、ないの」
この、なんにもない坐禅をしとるのです。毎日、壁に向かって。まあ、ちょっとは格好がつくようになりましたが。
ウィルス「うーむ、難しいもんじゃ」
あたし「でしょう。難しいもん」
ウィルス「何が、面白いのかね？」
あたし「ああ、春よの」
ウィルス「ごまかした」
おっ、外の風にあたりながら、桜の下で坐禅しようかなぁ、なんて、風流なことを考えついたのです。夜は酔っぱらいに何されるかわかりませんから、昼間にしようと思って来たのですが。
ウィルス「ありゃ、酔っぱらい、ばっかし」
あたし「変わりゃあせんか」
♪　♪ー♪　♪♪　チャンチャカチャン　♪ー♪　♪♪　チャンチャカ　♪♪
カラオケで、あっちこっちで盛り上がってます。
仕方がないので、静かな場所を探し歩くことになりましたわ。まさか、宴会のお隣で坐禅するわけにはいきません。まあ、誰もいないところとはいきませんが、小さなお子さんをお連れのグループがありましたので、そこの隣の木の下で座らせていただくことにしました。シーツを広げて、弁当を広げて。

あたし「いっただきまーす」

ウィルス「え、うそ、うそ！」

そんなことあ、ありません。真っ黒のどでかい饅頭みたいな座布団をリュックサックから引っぱり出して、香炉を出して、線香に火をつけて……と。

ウィルス「ありゃあ、お隣さんは変な顔をしてなさいます」

あたし「すんません」

こんなよい天気に昼間っから線香なんて縁起でもない。なーんてね。見て見ぬふりです。桜の幹を壁に見立てて、面壁します。そこで大変なことに気がつきました。

ウィルス「桜の花が、見えないじゃん」

あたし「あーあ」

そりゃあそうです。面壁するのが曹洞宗の坐禅ですから、立派な幹を見ながらの坐禅になるのです。どう見たって風流には見えません。

セミが土の中から這い出して「まだ、早かった！」と、途方にくれる姿によーく似ています。

ウィルス「笑っちゃうね」
どう考えても、桜に不釣り合いです。
あたし「止めようかしらん」
ウィルス「喝ーっ！」
カラス「アホ、アホ、アホ！」
坐禅中ですから、そう簡単に止めるわけにはいきません。いつも「なんにも考えるな！」とか「思いに捕らわれるな！」と、和尚さんは簡単におっしゃられますが、あたしにゃあ無理じゃあ。無理、無理。いろんなことを考えてしまいます。
ウィルス「喝ーっ！」
それでも、じーっとしとかにゃあなりません。ありゃあ、焼き肉のいい匂いまでしてきます。
あたし「ゴックン」
ウィルス「修行、修行じゃ」
あたし「ウェーン」
思いに捕らわれるなって言ったって、根っからの食いしん坊の私は、焼き肉の匂いに捕らわれてしまいますがな。
ウィルス「ん、今何か言った？」

あたし「いえいえ、何も」
ウィルス「ふん。坐禅中である！」
あたし「腹減ッたー」
ウィルス「何ぃ？」
あたし「焼き肉、食いたい」
ウィルス「だめ」
あたし「焼き肉、食いたい」
ウィルス「だめ」
あたし「これじゃあ、坐禅になりません」
ウィルス「ふん！」
あたし「くよくよ、うごうご、動くんです」
ウィルス「あっ、そー」
あたし「苦しい！　これでいいの？」
ウィルス「これでいいの」
あたし「ほんとに、これでいいの？」
ウィルス「なんにも考えない人って、この世にいない」

あたし「そうですか？」
ウィルス「考えないと、いうことは脳が止まっていること」
あたし「脳が止まる？」
ウィルス「脳が停止すると、脳死っていうな。ほな、死かい。ですわなー」
あたし「考えるのが、あたりまえ」
ウィルス「あたりまえ」
こんな、これでエエんかなーと、思い思い、坐禅するのが道を求め、学道を求め、日々向上することでしょう。これで完璧と思ったところでその人はおしまい。永末さんの「坐禅は一生するのです」の一言が、大きく、とてつもなく大きい。
面白いことに、力を入れて体を傾けようと思っても体がビクリとも動かない時があります。こんなことはめったにありませんが、どういうことなんでしょう。まだ、坐禅を始めて半年の私は、まだまだ坐禅に振り回されています。本物を掴みきれてないということでしょうか。
ウィルス「……シーン」
どれほどの時間がたったのでしょう。突然……ビシャ！
ウィルス「何か頭に落ちたよ」
何やら冷たい物が、頭から垂れてきます。

ウィルス「ギャー」
あたし「鳥のフンじゃあぁ！」
　頭に手をやるとベットリです。
あたし「うっそー」
　こりゃあ、やっとれません。今すぐにも飛び上がりたいのですが、他人の目っちゅうもんがあります。まあ、なんにもなかったように振る舞いしなければなりません。
ウィルス「フン」
放禅鍾（ほうぜんしょう）です。合掌、低頭、左右揺振（さゆうようしん）からグルリッと回って、正面を向いて、ゆっくり立ち上がります。そして坐蒲を整えて、隣位問訊（りんいもんじん）、対座問訊（たいざもんじん）、これで坐禅の終了です。
あたし「周りのお方、ご迷惑をおかけしました。ありがとうございました」
ウィルス「おい、笑われちょるよ」
　クスクスックスッ、笑い声が聞こえます。
笑うわなぁ、自分でも笑いたいぐらいですもの。そうそう、鳥の糞がベットリついた頭を洗わなくちゃ。幸いなことにすぐ近くに水道がありましたので、失礼してそこで頭を洗わせてもらおうと思ったのですが、その周りには、お花見の人が多いこと。
　花見をするのは水場の近くがいいです。手を洗ったり、コップを洗ったり、何かと便利です。

さすがに気が引けたのですが、こんな頭で帰るわけにはいきません。大勢の花見客の真ん中を突っ切るしか、方法はないみたいです。

クスクスクスッ、おかあさんでしょうか。アッハハハッ、子供さんですわ。どうしようもありませんがね。笑ってくださりませ。

ウィルス「あーあ、かっこ悪りい」

人から笑われるのは、いい気持ちではありません。ちょっと暑くなった頭の温度を下げるには水道の水がちょうどいい。ジャージャー、バシャバシャ。

あたし「気持ちいいーぃ」

頭を勢いよく洗って、顔を洗って。

あたし「あー、さっぱりした」

ウィルス「さて、帰りますか」

坐蒲をしまって、シートを片づけて。クスクスクスッ、まだ笑ってやがる。

あたし「ま、いいかー」

笑いたくばお笑いなされ。半分笑われることを覚悟してきましたから、なんということはありませんが、まさか鳥さんが私の頭に糞をひっかけるとは、思いませんでした。

しかし、屋外で坐禅するということは気持ちのエエものですね。気持ちのエエのはエエのですが、花見にゃぁなりません。桜の木の幹見ですな。花を見ながら坐禅するなんて一石二鳥にはいきませんわ。そんな気持ちを小鳥の糞が一発で取り去ってくれました。道元禅師の坐禅は面壁坐禅。どこでやっても同じです。私が見るのは目の前の壁なのです。花なんぞ見てはなりません。花を見るのなら花見をしとるのであって、坐禅ではありません。

あたし「坐禅、終わった。花見して、かーえろ」

ウィルス「だめだ、こりゃあ」

もどりゃんせ

桜が過ぎると新緑の季節です。今日もいい天気です。五月晴れとはまさにこのこと。広島市内は、フラワー・フェスティバルの真っ最中です。見物に行って平和公園からの帰り道のことですがな。会場からちょっと広島駅に戻ったところに小さな小川を見つけたのじゃが、コンクリートに囲まれて、幅は一メートルぐらいでしょうかなぁ。でもまあ、なんともひどい臭いを放っとるのです。

当然、魚の姿は見えません。そのかわりペットボトルやらビールのカンやらビニールやら、弁当のプラスチックの容器でしょうか、いろんな物が浮いてます。こりゃあゴミの川じゃいな。その川の中に、木の枝が一本引っかかっていましたが、何やらキラキラ光る鳥が止まっておるのです。あたしゃあ、見覚えのあるその姿にドッキリ！ ですわ。思わず足を止めて見たその鳥は、「かわせみ」ではありませんか。清流の宝石といわれる綺麗な鳥です。このどぶ川には、なんとも不釣り合いな取り合わせです。

私の田舎は中国山脈のど真ん中の小さな山村ですが、今では「かわせみ」なんぞ見る機会は、めったになくなりました。

それが、この都会のこんな町中の、こんなコンクリートに囲まれたどぶ川に止まってるなんて……。息をこらして鳥の姿を見ます。やっぱりそうじゃ、まぎれもない「かわせみ」です。あの虹色に光る群青色の胸羽。ジッと川面を見つめる鋭い目。いったい何を見ておるのかな。こんな川に魚がおるわけのないことぐらい、野生の本能で見抜いているでしょうが、身じろぎ一つもしません。

不思議でなりません。どこから来たのでしょう。こんな川に何しに来たのでしょう。こんなところでは一日たりとも生きてはいけますまいに。

なんという人間の理不尽、欲望と罪、繁栄と汚染、この都会は、どうなっとるのでしょうか。道はアスファルトに覆われ、川はコンクリートに固められ、木は排気ガスと酸性雨ですすけ色。あたしが、今立っている足元を見渡しても一握りの土すら見えません。緑の地球、その美しい自然を人間はわざわざアスファルトやコンクリートで覆っているのです。

あ、飛び立った。「かわせみ」よ、排気ガスを振り切って無事に、お山に帰り着いておくれ。思わず手を合わせます。

しかし、今の町中にゃあ生き物なんかおりゃあしません。まあ、おるとすりゃあ「どぶネズミ」と、「カラス」と、「ゴキブリ」ぐらいなもんです。

春になってもタンポポの黄色い花なんか見ない。酸性雨と松食い虫で林はなくなった。花や木は人間が管理してる公園で見る。

蛇もいない。蛙もいない。いも虫もいないから蝶々もいない。ビルの谷間にゃあ鯉のぼりも泳いでないしツバメも飛んでない。夏の昼間は暑くてセミも鳴かない。カブト虫はスーパーマーケットで買うものじゃと子供は思っとる。草むらがないから秋になっても虫の音も聞かない。小川はどぶ川になってメダカなんか見たこともない。

街中では、季節を感じなくなりましたね。四季の風情はテレビの中の話です。どっか違う国を見ているような感覚です。夏は冷夏で冬は暖冬。雪は降らない積もらない。氷も張らない。霜柱なんて見ることない。梅雨になってもほとんど雨が降らない。たまに降りゃ、どしゃぶりの集中豪雨。夏は涼しい。寒くて海水浴どころかプールに行ったら風邪を引くわ。こんだぁ暑い。暑い年は無茶苦茶に暑い。その年によって、気象台の記録が毎日書き替えられる。

秋はだいたい一回は荒れる。台風も、来れば超大型で未曾有の被害。地震も多くなった。火山もあっちこっちで噴火しよる。

これが日本じゃあ、美しい国じゃあ、どこがじゃあ、なんかおかしい、何かが狂っとる。

自然もだんだんおかしくなって、人間もだんだんおかしくなって、子殺し、親殺し、なんでもない見も知らずの人を、手当たり次第に殺して「殺してみたかった」じゃと言う。ライオンだって腹が減るから殺して食うのであって、殺してみたいから殺すってなことはやりません。
なかでも幼児虐待は悲惨じゃあ。大の大人がよちよち歩きの乳飲み子をいびって、叩いて、いじめ殺す。赤鬼や青鬼でもこんなことはせんよ。ひょっとしたら人間界より地獄界のほうが住みやすいのと違う？ あたしゃあ本気で思ってます。

「地蔵菩薩」って仏様がおられます。「お地蔵さん」て言いますよね。一度ぐらいは聞いたことがあると思いますが。

お釈迦様が亡くなったら、この世に仏様がおられません。次に救世主としてこの世界にお生まれになるはずの「弥勒菩薩（みろくぼさつ）」は後、五十六億七千万年も待たなくてはなりません。それまでこの世はどないする。「こりゃあ困ったねー」でも大丈夫。この世の人間を救うてくださる仏様がちゃーんとおられるのです。その仏様が「地蔵菩薩」なの。

この仏様は、「六道」つまり「天上界・人間界・修羅（しゅら）界・畜生（ちくしょう）界・餓鬼（がき）界・地獄（じごく）界」を自由に行き来できる神通力を持ってなさる。「六地蔵」って言って、六体のお地蔵様が奉ってありますね。墓地へ行くとよくあると思いますが、「六道の衆生を救済する」という意味でお奉りしてあるのです。ありがたいことです。

でも、お地蔵様にはもうひとつの仕事があるんです。あまり皆さんご存知ないと思うのですが、なんと、死んだ人間が「地獄」行きか、それとも「極楽」行きかを決める裁判官。そう

「地獄の閻魔大王」は「地蔵菩薩」の変身したお姿なのです。知らなかったでしょう。普段はおやさしい姿じゃものな。

人間が死んだらだいたいの者は亡者になります。なかにゃあ幽霊になって、この世をうろちょろしとる「屁」みたいなものもおりますが。まあ、だいたい亡者になる。この亡者は、地獄行きか極楽行きかの判断をしなくちゃあなりません。本人に聞いたら、そりゃあ地獄は恐ろしいもの、エエことばっかり言いますわ。そんな話は信用ならん。仕方ないので悪いことをしとったら、たちどころに映し出される鏡の前に引き出されるのです。

それから亡者の前にドンヂャラ、ドンヂャラ、ピッカ、ピカの刀やら、鉄棒やら、恐ろしい武器を持った赤鬼やら青鬼やらを引き連れて「閻魔さん」がやってきます。まあ、恐ろしいことこの上ない形相ですわい。この姿を見ただけで、亡者は恐れいってしまうのです。

そりゃあ、恐ろしいでしょう。人間やっとりゃあ、大きいか小さいかを別にして、死ぬまでにゃあ何か悪いことをしとる。ここに来て「あーぁっ、しまったわい」と思っても後の祭り。もう、ご本人さんは死んどられます。今さらどうにもならん。赤鬼に首根っこをひっつかまえられて、鏡の前に引きずり出されてしまいますわ。そしてこの鏡をジロリと「閻魔さん」が睨みつけるわけです。

あーあ、全部バレて地獄行き決定じゃ。でもな「閻魔さん」は、地獄に落とすことなんか本当は好きじゃあない。

　そりゃあそうでしょう。本当は「お地蔵様」じゃもの、救うてやるのが本職ですものなあ。でもね、どうしようもない亡者もいます。悪徳政治家や銭儲けの新興宗教の教祖とか、人を騙し惑わす輩やら。こりゃあどうしようもない。さっさと地獄に行ってもらわにゃあなりません。地獄に行って血の池にはまったり、針の山に登らされたりするわけじゃ。おー恐、恐ろしいな。

　でも、貧困でまともな教育も受けられずに社会から理不尽な差別を受けて、こずき回されて、気がついたら犯罪をしとったような亡者がおる。本当の仏法を知らないで煩悩に振り回されて、悪事して亡者になったやつもおる。かわいそうじゃが仕方がない。しょうがないわな、悪いことをしとるんじゃものな。

　そこで、いったんは「地獄・餓鬼・畜生」の「三途（さんず）」のどれかに落とす判決を出されての。そして一通り「閻魔さん」の仕事が終わったら、また「お地蔵様」に変身なさいます。これがほんとのお姿じゃね。

　これからが本職。亡者を救う仕事じゃね。どんな悪人であろうとも決して見放（みはな）すことはなさいません。地獄の果てであっても、必ず見つけ出して救うてくださる。なんとも慈悲深い仏様であります。

　今度は一番最初に「賽（さい）の河原（かわら）」に向かわれます。賽の河原にゃあ、命を宿したのだけれど死産とかで水子になったり、生まれてまもなく名前もつけられずに死んでしまったり、それから年端もいかん子供の亡者が途方にくれておるのです。この賽の河原に真っ先に救いに行かれる。「お地蔵様」の真言は「オンカカカビサンマエイソワカ」ですが、この「カカ」こりゃあ昔のお母さんの呼び名です。今でも「かかあ」と呼ぶおとうちゃんもおられますね。やさしさの塊のような仏様じゃ。

　賽の河原で子供の亡者を救って、それからぼちぼちぼち「三途」に向かわれます。ぼちぼちですよ、ぼちぼち。決して急ぐことはない。一歩、歩いてガシャリ。「お地蔵様」が手にしておられる「錫杖」の音です。ガシャリ。ぼーち、ぼーち、ですよ。ガシャリ。

　十分に反省する時間、懺悔する時間をお与えになります。「ああ、悪かった」と心底から思うようになったら、そのとたん目の前にお地蔵様がお立ちになって「錫杖」を亡者の頭の上で、ガジャン、ジャラジャラジャラ。その音で亡者は、たちどころに救われるわけです。

　でも救われるってどういうことじゃろ。「極楽浄土」に行くのかな。「天国」に行くのかな。「彼岸」ともいうし「涅槃」ともいうし。

　実はな、人間は生きとるうちに救われておるのです。これがわからんのじゃね。死ぬるその時まで右往左往しとる。金がほしい。おいしいもんが食いたい。女がほしい。男にもてたい。ちやほやされたい。尊敬される人になりたい。長生きしたい。自分の勝手な都合でわざわざ

「地獄に回れ右」をしとる。生きとる最中に落ちておるのです。

もどりゃんせ

赤子は母に　いだかれて
仏の家に　いまするに
なんでわからぬ　このあほう
いつのまにやら　家出とは
欲すて　見栄すて　怨みすて
怒りもすてて　赤子となって
仏の胸に　いだかれて
仏の家に　もどりゃんせ

救われるっていうことは、仏さんのお家に帰るということです。仏さんのお家に暮らすということです。生きとるとか死んどるとか関係のないことなんです。生まれてから死ぬるまで仏さんのお家で、いや死んでからも仏さんのお家で暮らせることになっておるのです。安心して暮らしとったらエエのです。仏さんのお家で遊んどったらエエのです。「お釈迦さん」も「阿弥陀さん」も「お地蔵さん」も「観音さん」も、だーれも出て行けとは言われんよ。

あんた、自分で出ていきよるがね。金がほしい、名誉がほしい、あれもほしいこれもほしい、命もほしい。そんな欲はってなんになるの。そんなもんどこにあるの。目の色かえてあっちこっち探し回って、ほしいほしいは満足できたかい。命がほしいったって人間だもの必ず死ぬよ。お金で命を買うわけにもいかん。偉い人が長生きするとは限らない。

結局は安心したいんじゃろ。癒されたいのじゃろ。救われたいのじゃろ。

人が亡くなったら「大往生」って言いますね。そしたら「往生」って死ぬことかいな。いいや違う、全然違う。往生は「阿弥陀さん」に救われて、仏さんの家に住んで生きていくということなんです。住んで生きるから「往生」ですわ。死ぬることじゃあない。生きることなんです。今のこの現実の現在に「往生」するんです。「阿弥陀さん」の手の温もりの中で生きるんです。そして、仏さん方が思うように生きたらエエんです。「おまかせ」しなされ。ほんまに楽ですわ。おまかせ、おまかせ。

仏さんに全部おまかせして、あんた、あたし、動物、植物、自然、地球、仏さんが、みんな一緒に同居している世界、大安心の世界ですなあ。

あたしゃ、今頃こう思うんです。なんでもかんでも「南無」して「大菩薩」にしてまえってね。そしたら出会うもの全部が菩薩さんじゃ。

「南無おふくろ大菩薩」「南無よめはん大菩薩」「南無病院大菩薩」

ありがたや。ありがたや。

「南無C型肝炎大菩薩」

ありがたや。ありがたや。

ウィルス「てれるなー」

あたし「ま！」

生き生きとんぼ

めぐみの雨の始まりは、田植えのシーズンからです。おやじが生きてる時は田んぼの仕事で忙しかったのですが、今ではもう田んぼも少なくしてしまって、農協から早苗を買って、機械で田植えをします。三時間もあったら終わります。昔みたいに、一家総出ということはなくなりました。

田植えも終わって、ぼけーっと橋の上から川の中を見ておりましたら、子供のころのことが思い出されてきます。

そうそう、昔はなあ、川で遊ぶのが、大好きでした。学校から帰ると、すぐに出かけたものです。夏休みは朝から晩まで、川で遊んでいました。川には、いろんな魚がわんさかいました。釣りにもよく行きました。でも、釣った魚を入れておく魚籠は、持って行かないのです。

河原に小さな池を作って、釣った魚はそこに入れて生かしておくのです。水が入れ替わるように川の上流から溝を掘って、下流に向けて溝を掘っておきます。

川釣りというのは、一カ所で釣り続けることはないので、川の流れにそって、上流から下流に行ったり来たりするんです。釣った魚が死ぬとかわいそうですから、バケツに水をいっぱい入れて釣った魚を入れるのです。それを持ち歩くもんで、子供にとっちゃあ大変な重労働です。

上流へ行って、いっぱい魚を釣って、池の所に戻ってみると魚がぜーんぶ逃げてしまってることもたびたびです。不思議と腹は立ちません。どっちみち帰る時は池を崩して、魚は全部川へ放して帰るんですから。

それから高校に進んで、少し知恵がついて「釣り師のような格好がしてみたい」と思うようになったんです。

町の釣り具屋まで出かけて行って魚籠を買って竿を買って、いっちょ前の釣り師みたいな格好で川へ行ったのですが、つまりません。これがぜんぜん面白くない。竹で編んだ魚籠には水が溜まりません。魚を入れると、当然ですが魚は死ぬ。どうも、これが面白くないのです。

釣りが好きじゃあなかったのです。生きた魚に遊んでもらってたのです。もう、釣りに行く気なんか起こりゃあしません。魚籠も竿もなんもかんも捨てた。あれから、川にも行くことはなくなりました。

あの頃に比べると、川の様子もずいぶん変わってしまいましたね。土手も木や草やら生い茂っていましたが、今では川の土手もコンクリート製になってます。

川は見るからにカッコウがエエようになって、川の中では、さぞやカッコよく魚が泳いでいるのかなぁと、覗いてみると……。「な、これがいけませんわ」魚がおらんのです。「おっかしいなー」と思ってよく覗いてみますと、魚が全然いないわけではないのです。これがまぁ、ちっちゃな鮎がおるのです。昔からこの川には鮎なんぞおりません。放流でもせんかぎり絶対におるはずはないのです。そういやぁ、夏になると鮎を釣る釣り客まで見かけます。

川の下流には「魚切」という渓谷があって長さは五百メートルほどですが、小さな滝の連続です。その「魚切」を境に下流と上流では、魚の種類がガラリッと変わってしまいます。「魚切」から下流には、鮎、鮒、鯉などがいますが、上流には一匹もいなかった。そのかわり、四つ目（親にらみ）、赤んた（ギギ科の魚）など、冷たい水を住みかとする魚がいました。「魚切」が魚の行き来を阻んできたのです。でも、四つ目らしい魚は一匹も見えません。「が、なんと鮎がおるわ」。それに、何やら見かけない魚がポツリ、ポツッリと泳いでます。なんという魚でしょう、名前がわかりません。どうやら鮎にまぎれて、一緒に放流されたのでしょう。

川の様子もすっかり変わってしまって、まったくおかしなことになっています。

どこ　行った

四つ目　がいない
赤んた　がいない

ほたる　が飛ばない
カジカ蛙　が鳴かない

葦の茎に　トンボ　がいない
トンボ採りは見かけない

麦わら帽　が走らない
川で子供は遊ばない

人間は生きものすべてを弱らせて、自分も弱っていくのです。

村の子供は、みんな「生き生き　とんぼ」というおまじないを知っていました。弱った魚を川に戻してやる時に、ゆるい川の流れを選んで、そーっと押し出しながら唱えるんです。

生き生き　とんぼ　生き　とんぼ
生き生き　とんぼ　生き　とんぼ

「元気になれや」「元気でなぁ」と心を込めて、背中を丸めて、そーっとねぇ。

まるで、お釈迦様が極楽からこの世界をのぞいているような格好です。子供はみんな仏なのかもしれません。誰も彼も、生まれた時は一緒です。みんなよく似て可愛いです。男の子か、女の子かあんまり見分けがつかんです。生まれたての小さな心も同じで綺麗です。これが「無垢の心」っていうのです。これが本来の魂なのでしょう。

皆さんみんな可愛い魂をお持ちじゃ。心もほんとに澄んでおられる。でもなあ、だんだん大きくなると男も女もそれらしく見えてくる。胸も出るし毛も生える。知恵もついて悪さもする。心に垢もついてくる。魂も、だんだん汚れてくるんです。

でも、汚れたからって大丈夫。心に垢なんかついとってもエエのです。お釈迦様には生まれたまんまの姿が見えるんです。お釈迦様には生まれたまんまの魂が見えるんです。じゃによって、みんな一緒なのです。選り好みのしようがない。みんな同じに、お救いなさる。みんなに「生き生きとんぼ」をしてなさるのです。

生き生き　とんぼ

痛や　苦しや　悲しや　つらや
助けてくれよと　大声だして
救うてくれよと　涙を流し
仏の家には　取りすがり
叩くこぶしが　血にそまる
なぜ聞こえぬかと　怨んでみても
やっぱり叩く　血のこぶし
叩き疲れて　へたりこみ　足もと見れば
ありゃ　家のうち
振りむき見れば　こりゃ　お釈迦さま
にこにこしながら　お釈迦さま

なにしているの　お釈迦さま
生きものすべての　いのちを　そっと
生き生き　とんぼを　しているよ

あたし「おーい、ウィルス」
ウィルス「はいよ」
あたし「ちょっと隣の仏さん家に、遊びにいくぞ」
ウィルス「はーい」

著者プロフィール

西村　松次（にしむら しょうじ）

1956年３月、山口県生まれ。

1964年、左足手術の時に輸血でＣ型肝炎ウィルスに感染。1998年、がんを宣告される。

1999年末より捨血療法を試し、以後現在まで継続中。

Ｃ型肝炎ウィルスさん　同行二人でいきますか

2002年1月15日　初版第１刷発行

著　者　西村 松次（にしむら しょうじ）
発行者　瓜谷 綱延
発行所　株式会社文芸社
〒112-0004 東京都文京区後楽2－23－12
電話 03-3814-1177（代表）
03-3814-2455（営業）
振替 00190-8-728265

印刷所　株式会社 平河工業社

ISBN4-8355-3191-4 C0095